W0058612

Das Buch

Ein Modegeck hat was im Koffer, was er dem Zöllner nicht zeigen will. Ein Tierfreund verliebt sich in das Haustier seiner Nachbarin. Ein Mann sucht seinen Bruder, von dem er schon weiß, wo er ist. Ein anderer Mann erkennt seine Pappenheimer an deren Händedrücken. Ein wieder anderer will einen Fleischfetzen loswerden, ist aber zur Ergreifung von Maßnahmen zu bequem. Ein Künstler verkleidet sich als Vogel und balzt in schwindelnder Höhe. Jemand will für seine Geliebte ein Haus bauen, hat aber keine. Ein Revolverheld verdankt die Chance zum Ballern bloß dem Kalender. *Na, das sind ja schöne Geschichten. Einzelheiten in diesem Buch.*

Der Autor

Geb.: 8. Feb. '37
Mutter Tippse
Vater Stahlkocher
Liebe von der Oma
War Schauspieler
Spielte immer bloß sich selbst
Wußte jeder
Schreibt an seinem Alterswerk
Meistens über sich selbst
Aber diesmal nicht

Von Manfred Krug sind in unserem Hause bereits erschienen (Auswahl):

Abgehauen
Mein schönes Leben

Manfred Krug
Schweinegezadder
Schöne Geschichten

Ullstein

Besuchen Sie uns im Internet:
www.ullstein-taschenbuch.de

Mix
Produktgruppe aus vorbildlich bewirtschafteten
Wäldern und anderen kontrollierten Herkünften
www.fsc.org Zert.-Nr. GFA-COC-001278
© 1996 Forest Stewardship Council

Dieses Taschenbuch wurde auf FSC-zertifiziertem Papier gedruckt.
FSC (Forest Stewardship Council) ist eine nichtstaatliche,
gemeinnützige Organisation, die sich für eine ökologische und
sozialverantwortliche Nutzung der Wälder unserer Erde einsetzt.

Ungekürzte Ausgabe im Ullstein Taschenbuch
1. Auflage Februar 2010
© Ullstein Buchverlage GmbH, Berlin 2008 / Ullstein Verlag
Umschlaggestaltung: HildenDesign, München
(unter Verwendung einer Vorlage von Lothar Reher, Berlin)
Satz: Dörlemann Satz, Lemförde
Gesetzt aus der Garamont-Amsterdam
Papier: Pamo Super von Arctic Paper Mochenwangen GmbH
Druck und Bindearbeiten: CPI – Ebner & Spiegel, Ulm
Printed in Germany
ISBN 978-3-548-28137-7

Griebnitzsee

Ich selber habe mit der Sache nichts zu tun gehabt. Ich habe in der S-Bahn gesessen und bin von Potsdam nach Berlin gefahren, damals, als es die Ostzone noch gab.

Die Mauer hatten sie noch nicht gebaut, aber man kapierte sofort, ab wann man im Westen war, schon wegen der Reklame.

In dieser Zeit gab es S-Bahn-Züge, die hielten im Westen nicht an. Die fuhren im Osten ab, durch den Westen ohne Halt durch, und auf der anderen Seite tauchten sie im Osten wieder auf. Diese Züge hießen »Durchläufer«. Da saßen gern die guten Genossen drin, die sich nicht nachsagen lassen wollten, sie wären unterwegs ausgestiegen, um sich in den Pornokinos der »Frontstadt« rumzutreiben.

Ich selber habe es abgelehnt, mit den »Durchläufern« zu fahren, ich fuhr mit den normalen Zügen von Potsdam nach Berlin, die auf jedem Westbahnhof ordentlich angehalten haben. Zum Beispiel mit dem Neun-null-siebener. Eine Frage des Stolzes. Ich wollte einer von den Ostlern sein, die freiwillig im Zug sitzen blieben, aber so einer war ich dann eben doch nicht.

Wenn man durch den Westen durch war, war die erste Station im Osten »Bahnhof Friedrichstraße«. Da wurde über Lautsprecher ausgerufen: »Erster Bahnhof im Demokratischen Sektor«. Das sollte wie eine Erlösung für die Reisenden sein. Und bei der Rückfahrt wurde ausgerufen: »Letzter Bahnhof im Demokratischen Sektor«. Das sollte ein Abschied von der Heimat sein, die Leute sollten wissen, daß sie jetzt durch die Fremde mußten.

Die letzte Station in der Zone hieß »Griebnitzsee«. Da blieb der Zug lange stehen, weil Zollkontrolle war. Denn die Ostler verschoben manchmal Butter, Eier, Schreibmaschinen und den Fotoapparat Exacta Varex nach dem Westen.

Eines Morgens sitze ich in dem vollen Neun-null-siebener drin, und es gibt was Besonderes.

Mir schräg gegenüber steht ein blonder Mann, dünn wie eine Latte, der mir wegen seiner hellblauen Augen schon aufgefallen ist, denn die sehen aus, als wenn sie gleich rauskullern würden. So ähnlich, wie es auch manche Fische mit solchen Augen gibt, zum Beispiel den Weißpunktkugelfisch. Der Mann hat eine schmale, gehöckerte Nase, die ebenfalls von beträchtlicher Länge ist. Der könnte im Theater den Junker Bleichenwang spielen, den brauchen sie gar nicht zu schminken, weil er die bleichen Wangen ja schon hat. Das Auffälligste an ihm ist aber, daß man in dem Neun-null-siebener noch nie einen Menschen in einem so vornehmen Anzug gesehen hat. Der ist aus schwarzem chinesischem Wolltuch, so fein, daß man einen Billardtisch damit bespannen könnte, wofür es aber grün sein müßte. Weißes Hemd, dunkler Schlips, Weste drüber, die Jacke auf Taille, die Hose auf Röhre geschnitten.

Oben im Gepäckfach liegt sein Aktenkoffer, außen schwarzes Wachstuch, mit Zahlenschlössern aus goldeloxiertem Alu.

Irgendwie ein Typ für sich, kann man sagen. Er kuckt aus dem Fenster in die Ferne.

Da geht die automatische Tür auf. Zwei Zöllner in Uniform und Dienstmütze kommen rein und kucken streng, als wenn sie sowieso alles über uns wissen würden.

Hier und da beugen sie sich nieder, um einen Blick unter die Bänke zu werfen. Aber am liebsten blicken sie den stehenden Fahrgästen in die Augen. Dazu bauen sie sich breitbeinig vor ihnen auf und kucken sie frech an. Bei den Sitzenden ist das schwieriger, weil die vor sich hin starren, um die schäbigen Schuhe und die Kniebeulen in den Zöllnerhosen zu betrachten. Die Leute haben Freude an der Armut des Staates. Aber Angst vor dem Staat haben sie auch.

Jeder muß sehen, wie er durchkommt, und dabei macht jeder irgendwas Verbotenes. Dem Staat ist es angenehm, daß seine Bürger immer ein schlechtes Gewissen vor ihm haben.

Ich zum Beispiel, wenn ich eine Kleinigkeit verschieben will, muß manchmal drei Züge abwarten, bis ich einen finde, bei dem das »Abteil für Mutter und Kind« leer ist. Dort steige ich ein und klebe mit Isolierband zwei Räucheraale blitzschnell unter die Sitzbank.

Bei der nächsten Station wechsele ich den Waggon und habe vorerst mit den Aalen nichts mehr zu tun.

Erst beim Aussteigen, im Westen, ziehe ich den Hut in die Stirn, schlage den Kragen hoch, tauche kurz bei »Mutter und Kind« auf und grabsche mir zwischen den Beinen von zugestiegenen Müttern und Kindern die Aale.

Die verkaufe ich dann im West-Fischladen an

der Brunnenstraße. Das Geld reicht gerade zum Beispiel für einen neuen Saphir, den ich am Plattenspieler auswechseln muß.

Die beiden Zöllner gehen also durch den Waggon und studieren die Fahrgäste. Dann stehen sie vor dem langen Blonden, der aus dem Fenster kuckt.

Es ist ganz ruhig, hier und da ein Ungeduldsatmen, sonst nichts.

»Wem gehört der Aktenkoffer da oben?« fragt der dicke, der sprechende von den beiden Zöllnern.

Der Blonde hebt den Finger: »Der gehört mir.«

»Was führen Sie in dem Aktenkoffer bei sich?«

Der Blonde zieht bloß die Augenbrauen hoch.

»Haben Sie meine Frage nicht verstanden, Bürger?«

Der Blonde sagt: »Doch.«

Es entsteht eine Pause.

»Ihren Personalausweis, bitte«, sagt der sprechende Zöllner.

Das haben sie mit den Volkspolizisten gemein. Bei der kleinsten Irritation nehmen sie erst mal das Wichtigste, was ein Mensch hat, in Besitz.

Der Blonde legt das kleine blaue Büchlein in die Hand des Zöllners, der es akkurat durchblättert, wobei er die Beine noch ein bißchen breiter grätscht. Jetzt weiß er den Namen des Mannes mit dem Köfferchen, und er weiß auch, wo der Mann wohnt.

»Sie wohnen in Potsdam«, sagt der Zöllner.

»Jawohl.«

»Und fahren wohin?«

»Friedrichstraße«, sagt leise der Blonde.

Die Fahrgäste verfolgen das Gespräch. Alle wollen wissen, was in dem Köfferchen drin ist. Wenn das jetzt im Fernsehen übertragen würde, dann würden von Rügen bis Klingenthal alle wissen wollen, was da drin ist. Es ist spannend, sogar im Westfernsehen würden sie die Zuschauer bei der Stange halten.

»Ich wiederhole die Frage. Was führen Sie in dem Aktenkoffer mit?«

Der Blonde kuckt nach unten. Dann antwortet er leise: »Das möchte ich nicht sagen.«

»Wie bitte?«

»Das möchte ich nicht sagen.«

Der Zöllner, der diese Antwort während seiner Dienstjahre noch nie gehört hat, kuckt zu den Fahrgästen, wie um zu sagen: Moment, die Sache ist noch nicht zu Ende.

»Sie wollen mit uns aussteigen, ja?« sagt der

Zöllner. »Ich weiß nicht, wieviel Zeit Sie haben. Wir haben Zeit. Wollen Sie Ihr Gepäckstück in unsere Dienstbaracke bringen und die Genossen mit der Frage beschäftigen, was da drin ist?«

»Nein«, sagt der Blonde.

»Aha. Dann wäre es gut, Bürger, wenn Sie zur Sache kommen würden.«

Es entsteht noch eine Pause, die auch nötig ist, denn aus dem hintersten Teil des Wagens kommen Leute, die den dünnen Mann sehen wollen.

Da öffnet der Blonde den Mund und sagt leise, aber deutlich das Wort:

»Scheiße«.

»Wie bitte?«

»Scheiße.«

»So?« sagt der Zöllner. Den Personalausweis verstaut er schon mal unter der Lasche seiner Brusttasche, die er dann zuknöpft, so daß man sagen kann, der wichtigste Teil des blonden Mannes kann als festgenommen angesehen werden. Auch der stumme Zöllner trifft Vorkehrungen zum Aufbruch. Er hat ein kleines Stempelkissen, das er, zusammen mit dem Stempel, in einen Beutel und diesen in die Seitentasche der Uniform steckt. Beide Genossen Zöllner haben jetzt die Hände frei.

Die Fahrgäste haben das Wort sehr wohl verstanden. Sogar ich habe es verstanden, der ich schräg gegenüber sitze.

Die Zöllner wippen mit den Knien, ein Ausdruck ungeduldiger Erwartung.

Der Blonde sagt: »Stoffwechsel-Endprodukte.«

»Was soll das denn sein, Bürger?«

»Jetzt habe ich zwei Bezeichnungen verwendet, mehr fallen mir im Augenblick nicht ein. Doch: Exkremente könnte man sagen.« Pause. »Oder meinetwegen Kot«, sagt der Blonde.

»Das werden wir gleich sehen. Das sehen wir uns nämlich jetzt an, Bürger. Wird's bald?«

Der Blonde nimmt das Köfferchen vom Gepäckfach herunter, eine Frau steht extra von ihrem Sitz auf, um Platz zu schaffen. Der Blonde legt beide Daumen an die Schlösser, zögert einen letzten Moment, ehe er sie aufschnappen läßt.

Alle Leute drängen sich um diesen Vorgang, die Zöllner finden kaum eine Lücke, um ihre Pflicht zu tun. Das Köfferchen ist sorgfältig mit Papier ausgeklebt, auf der Schauseite ist ein Überzug aus hellblauem Samt. In diese Fläche sind zwei Dutzend Mulden eingelassen, und in jeder Mulde liegt, genau passend, ein fingerdickes Glasröhrchen, das mit einem Korken verschlossen ist. Die Röhrchen sind zur Hälfte gefüllt mit einem in den Farbwerten changierenden Material, das man, auf den ersten Blick und wenn man es nicht schon wüßte, mit Lehm verwechseln könnte.

Man sollte denken, daß die Leute sich in diesem Augenblick gegenseitig ankucken, um einander ihre Erheiterung oder wenigstens ihre Verdutztheit zum Ausdruck zu bringen. So ist es aber nicht. Jeder Zeuge dieser Szene würde, auch nach zwanzig Jahren Sozialismus, erwarten, daß der Zöllner ein versöhnliches Wort sprechen würde, wie etwa: »Aha. Na, also. Wo soll's denn damit hingehen?« Und daß der Blonde darauf antworten könnte: »Charité, Laboruntersuchung.«

Aber nein, nichts davon. Der Zöllner öffnet die Patte von seiner Brusttasche, gibt den Ausweis zurück, legt Hand an die Dienstmütze, nimmt Haltung an und sagt: »Angenehme Weiterfahrt!«

Ich frage mich, ob er das überhaupt darf. Eine ihm nicht zustehende Grußhaltung einzunehmen, sich quasi mit dem Gehabe eines Offiziers zu schmücken.

Nachdem der Zug sich in Bewegung gesetzt und die bewachte Grenzrampe passiert hat, fängt der Blonde zu lachen an. Er kann sich gar nicht halten. Das Melancholische ist wie weggeblasen. Er hält sich die Eier vor Lachen.

Ein paar von den Fahrgästen hat er damit angesteckt.

Mich überhaupt nicht. Ich ziehe den Hut in die Stirn, klappe den Kragen von meinem beschissenen Ost-Trenchcoat hoch, steige in Wannsee blitzschnell aus, grapsche mir bei »Mutter und Kind« die Aale, und die Sache ist für mich erledigt.

Es gab auch angenehme Sachen im alten Osten, zum Beispiel, daß es den dortigen Künstlern, wenn sie gewitzt waren, nicht so schlecht ging wie jetzt den gesamtdeutschen, von denen die meisten am Hungertuch nagen.

Am besten hatten es drüben die Komponisten, weil Noten und Harmonien keine wirkliche Aussagekraft haben. Zwar bedeuten sie den Kennern etwas, aber was, das können auch sie nicht sagen. Diese Unwägbarkeit haben Ost-Komponisten wohlbedacht. Wollte einer, daß es ihm gutging, so hat er was komponiert und hat »Symphonie der Völkerverständigung« über die Partitur geschrieben, und wenn ihm das zu speziell vorkam, hat er »Friedenssymphonie« oder »Auf zum Kampf!« drübergeschrieben, damit wußten die Kulturchefs was anzufangen, da gab's Geld für.

Bei Kunstmalern war es ähnlich. Wenn jeder Bürger das Gemalte erkennen konnte und wenn dann noch, sagen wir mal, ein Maurer und eine Bäuerin auf dem Bild zu sehen waren, er beim Mauern, sie beim Melken, und sicherheitshalber »Wie wir heute arbeiten, werden wir morgen leben!« oder so was als Titel drunter stand, dann hing das im Kulturhaus an der Wand. Da gab's Geld für.

Und bei den Dichtern war es im Grunde nicht anders. Allerdings konnte man unter ihnen durchaus noch soziale Stufen finden, sozusagen Arme und Reiche. Bessergestellt waren diejenigen, die den Sozialismus nicht nur verstehen und lieben gelernt, sondern auch den Mut hatten, darüber auffällig zu schreiben. So erreichten sie nicht selten, daß auch ihre Leser ihn verstehen und lieben lernten. Solche Literaten hingegen, die bloß Liebesgeschichten schreiben konnten oder Landschaftsgedichte und so weiter, die mußten auch Notzeiten durchmachen. Geld gab's da nicht für.

Trotz solcher Unterschiede kam es zwischen reichen und armen Dichtern zu Begegnungen von gegenseitigem Nutzen.

Zum Beispiel der reiche Hippel, ein blonder, homophil wirkender Schönling in mittleren Jahren, war gerade dabei, sich mitten im tiefsten Sozialismus ein feudales Leben anzugewöhnen. Er hatte eine ausgedehnte Stadtwohnung, die mit vierkantigen Neu-Möbeln vollgestellt war. Überdies besaß er auf dem Lande ein ausgebautes, frisch ummauertes Gehöft in Form eines Römerkastells. Hippel konnte sich Architekten, Gesinde und sogar Feierabendmaurer leisten, ein befreundeter Bildhauer meißelte ihm aus schlesischem Marmor, welcher der härteste sein soll, einen bongforzionösen Kamin, sogar ein togaähnliches Nachthemd mußte von einem Künstler in jahrelanger Arbeit bestickt werden. Jetzt stand nur noch die Möblierung ins Haus, die alledem an Glanz nicht nachstehen sollte.

Strack, der arme Dichter, ein bärengroßer Mann mit Bart, lebte einsam in einer verlassenen Bauernkate ohne Land. Er hatte kein Geld, aber einen prima Möbelgeschmack, von dem er aber selbst nichts hatte, denn eine passende Wohnung gab es nicht für ihn, schon gar nicht in der Hauptstadt. Man sagt, er habe dort draußen oft einen derartigen Kohldampf geschoben, daß er sich von Zeit zu Zeit eine streunende Katze erstreichelt habe, um aus ihr einen Hasenbraten zu machen. In die Soße rührte er Konfitüre aus selbst gesuchten wilden Schlehen. Strack war arm, aber ein Genußmensch.

Der reiche Hippel fuhr jede Woche zu ihm hinaus. Dann zündeten sie in der Kate auf der Feuerstelle ein paar Knüppel an, und Strack, während der Rauch gemächlich durch die Stube zog, begann zu erzählen über Renaissance, Barock und Biedermeier.

»Aber der Staat«, sagte er, »verscherbelt alles, was er kriegen kann, nach drüben. Mit zwei Güterzügen voller Wanduhren aus der Kaiserzeit fing es an. Gut, das war zu verschmerzen. Mittlerweile aber werden amtliche Aufklärer durch die Gegend gehetzt, und die beweisen den Bauern, daß sie ihre Barockkommoden fünfundvierzig aus Schlössern und Gutshäusern entwendet haben, und daß deshalb eine Beschlagnahme unumgänglich sei.«

»Reg Dich nicht auf«, sagte Hippel, »die Großgrundbesitzer sollten vom Volk enteignet und nicht von habgierigen Bauern bestohlen werden. Gegen den Schutz des Volkseigentums ist nichts zu sagen. Machen wir lieber mit der Stilkunde weiter. Erkläre mir: Woran erkenne ich am Barock das Barocke?«

Oh, dann hielt Strack leidenschaftliche Reden, holte Bücher hervor, zeichnete, gestikulierte, malte das Bauchige, das Geschweifte, das Wellige, das frühe, mittlere und späte Barock in die Luft und sagte am Ende: »Stell Dir eine nackte Frau vor, dann hast Du vor Augen die Linien des Barock.

Nichts würde besser in Dein Schlößchen passen als Barock, original aus der Zeit. Wie aber sollen wir die Ware finden in diesem ausgeraubten Land?«

Und es keimten in ihnen die ersten Ideen. Sie wollten Städte und Dörfer abgrasen, um das zu finden, was die staatlichen Trüffelschweine übersehen hatten. Erst dachten sie daran, die Mark Brandenburg in Planquadrate aufzuteilen, was sie aber aus Zeitnot verwarfen, denn Hippel hatte, pünktlich zum Jahrestag der Republik, ein lobhudelndes Werk abzuliefern. Besser schien es ihnen, in den Vorstädten nach Häusern auszuschauen, die den Krieg überstanden hatten. Durch ihre Ferngläser blickend, schwenkten die beiden alle Fassaden ab, und falls sie in den Fenstern, selten genug, alte Plüschgardinen entdeckten, klingelten sie auf gut Glück. Die Methode jedoch rentierte sich nicht, zu viele Leute, wenn sie denn anzutreffen waren, hielten ihre Türen geschlossen.

Hippel und Strack entschieden sich, raffinierter vorzugehen. Zum Beispiel, nachdem sie in der Lokalzeitung die Sterbeanzeigen gelesen hatten, suchten sie auf dörflichen Friedhöfen die frischen Grabhügel. Meistens fehlten dort noch die Namen der Verblichenen, dann gaben sie im Gasthof leutselig eine Runde Weinbrand-Verschnitt aus und erkundigten sich nach den Witwenadressen.

Wenn sie aber die Anstrengung bedachten, die das systematische Aufspüren von Nachlässen erforderte, mußten sie sich eingestehen, daß die Trefferquote dazu in keinem Verhältnis stand. Die zwei Schritte vorwärts hatten sie hinter sich, nun machten sie, getreu der Leninschen Empfehlung, den einen zurück, indem sie, wie früher, das Auto gleich hinter den Ortsschildern parkten und die Dörfer zu Fuß abklapperten. Jedes, das sie erledigt hatten, kriegte auf ihrer Landkarte ein Kreuzchen.

Eines regnerischen Tages schlenderten sie durch Laskow an der Winz. Wo immer sie Tor und Tür offen fanden, da schmulten sie hinein in die kleinen Gehöfte, die beiderseits der Dorfstraße aufgereiht lagen. Sie liefen mit ihren Gummistiefeln am Misthaufen vorbei, durch den vom Regen verdünnten Schweine-Urin, um dann rasch, wenn es sich machen ließ, einen Blick in Stall und Scheune zu werfen. Beim Bauern Michalke, gleich hinterm Scheunentor, machte der arme Strack eine Entdeckung.

Er zuckte förmlich zurück und sagte: »Kuck Dir das an.«

»Was denn?« fragte verständlicherweise Hippel, denn außer zwei Hühnern, die aus einer Futterschüssel davonflatterten, fiel ihm nichts auf. Durch das undichte Scheunendach regnete es direkt in die Schüssel, so daß die Hühner, statt Gerste zu

picken, eigentlich eine Art Graupenkaltschale ge-
trunken hatten.

»Kuck doch, die Schüssel«, sagte Strack.

»Die Schüssel?«

»Der Platz, wo sie drinsteht.«

»Das ... Holz dort? Was soll das sein?«

»Das ist das Gestell von einem Sessel, von einem
veritablen Barocksessel«, sagte der arme Strack.
»Du mußt Deinen Blick schärfen, das Fehlende
ergänzen: Etwas Leder, darunter Roßhaar, dann
siehst Du die wunderbare Silhouette im Geist vor
Dir. In die leere Sitzfläche hat der Bauer die Schüssel gestellt, ringsherum müssen sich notgedrun-
gen die Hühner aufstellen, die so daran gehindert
werden, in ihr eigenes Futter zu scheißen. Auf dem
Platz könntest Du sitzen. Ein echter Barocksessel,
so gemütlich wie ein Thron.«

Der reiche Hippel betrachtete das regennasse,
beschmutzte Gestell jetzt mit anderen Augen. Sie
lehnten das Scheunentor wieder an, und während
sie zum Wohnhaus des Bauern Michalke hinüber-
gingen, sagte Hippel: »Nur keine Hast. Mein Jagd-
fieber muß noch abklingen. Und überlaß das Feil-
schen mir.«

Sie klopften kurz an, und schon waren sie in der
Küche, wo die Bäuerin mit beiden Händen eine
Latte durch kochendes Pflaumenmus rührte.

»Ick kann jetzt nich«, sagte die Bäuerin und

winkte die beiden Männer mit einer Kopfneigung in die Stube. Dort saß Bauer Michalke auf einem Küchenstuhl vor dem Fernseher. Er verfolgte das Spiel »Dynamo Dresden« gegen »Turbine Erfurt«, deshalb konnte er sich nach den Besuchern nicht umdrehen, fragte nur: »Wat is?«

»Wir schlendern hier so durch Ihr schönes Dorf«, sagte Hippel, »haben Ihr offenes Scheunentor gesehen und mal einen Blick hinein geworfen.«

»Und?« sagte Bauer Michalke.

»Da haben wir was gesehen.«

»Wat denn?«

»Einen … Sessel.«

»Wie soll denn da 'n Sessel rinkomm'?«

»… Besser gesagt: den Rest von einem Sessel.«

»Na jut. Wat is damit?«

»Den würden wir Ihnen glatt abkaufen.«

Der Bauer drehte sich das erste Mal um, betrachtete die beiden Fremden in ihren gelben Gummistiefeln und gelben Regenjacken.

»Den brauch ick. Für die Hühnerschüssel.«

»Na ja, was Besonderes ist das Holzgerippe nun nicht«, sagte Hippel. »Trotzdem, als Untersatz für eine Hühnerschüssel ist es zu schade.«

»Zu schade? Ach wat«, sagte der Bauer.

»Und wenn wir Ihnen ein Angebot machen? Passen Sie auf, für das Geld können Sie sich einen

Schüsselständer nach Maß bauen lassen, aus Eiche. Wie wär's mit 50 Mark.«

Der Bauer drehte sich, nachdem er den Fernseher leise gestellt hatte, vollends zu den Dichtern herum und rief seiner Frau zu: »Hilde, komm mal rin! Wie komm' Se denn uff den Preis?«

Hippel hatte mit sofortiger Zustimmung gerechnet, nicht aber mit dieser Frage.

»Äh ...«, sagte er, »weil ich so einen ähnlichen schon zu Hause habe. Die würden zusammenpassen. Das wären dann zwei Barocksessel ...«

»Zwei nachgemachte Barocksessel«, wiegelte Strack die Sache herunter.

»Wat? Nachjemacht. Na denn isset ja zu verschmerzen. Ick will den Sessel nämlich nich verkoofen. Hilde! Stell dir ma vor, wir ham inne Scheune ein Barhock ... ein Ba...«

»Moment noch. Mein letztes Angebot wären 100 Mark«, sagte Hippel.

Im Nähertreten rief die Bäuerin: »Wat haben wir inne Scheune?«

»Anjeblich einen Barocksessel, wo die Hühnerschüssel drinsteht. Weeste doch«, sagte Michalke. »Und wie ick höre, ist der Preis schon gestiegen. Auf 100 Mark.«

Die Bäuerin kniff dem Bauern ein Auge und sagte: »Du wirst den Deibel tun, den ... wie heißt der noch mal, der Sessel?«

»Barock«, gab Hippel Auskunft, nun schon etwas weniger gern.

»Du wirst den Deibel tun, den Sessel zu verschleudern. Die Herren sollen mal kieken, ob se so 'ne Qualität heute im Laden kriegen.«

Es entstand eine Pause, nur das Holz im Herd knackte. Die Bäuerin hatte das Pflaumenmus vom Feuer genommen, jetzt hatte sie Zeit für die fernere Verhandlung.

Der arme Strack flüsterte dem Hippel leise ins Ohr: »Ich glaube, wir können bis 300 Mark gehen.«

»Na, Du bist ja großzügig – mit meinem Geld«, sagte Hippel laut. Und an das Bauernpaar gewendet: »Wenn ich die hundert Mark nochmals verdoppeln würde?«

»Meinen Sie, für 200 Mark schnitzt Ihnen eena auch nur 'ne halbe Armlehne an so 'n Barocksessel ran?«

Nach langem Zögern sagte Hippel: »Und ich lege noch einen Hunderter drauf. Mein letztes Wort.«

»Nachjemacht?« sagte der Bauer, »Nee nee, det Stück is die letzten 200 Jahre von diesem Hof nich runterjekomm'.« Und zu seiner Frau sagte er: »Wat, Hilde? Nachjemacht. Da müßte man sich ja schämen, daß man all die Jahre für die Herrschaften nischt Besseres aufjehoben hat.«

Und die Bauersleute legten in ihr Kopfschütteln, so gut es ging, den Ausdruck von Endgültig-keit.

»Na dann«, sagte Hippel. »wünschen wir noch einen schönen Tag.« Sie schlugen ihre gelben Kragen hoch und wanderten weiter durch das Dorf Laskow an der Winz.

»Ein blöder Ochse«, sagte Hippel.

»Und eine blöde Ziege«, sagte Strack.

Auf dem Rückweg, nachdem sie das Dorf ergebnislos abgewandert und auf der Karte ihr Kreuz gemacht hatten, kamen sie nochmals an dem Gehöft von Bauer Michalke vorbei.

»Kannst schon zum Auto gehen«, sagte der arme Strack, »ich bin in zwei Minuten auch da.« Und er stapfte allein nochmals über den Hof zu den Bauersleuten.

Später, als die beiden Dichter durch den Regen heimwärts fuhren, fragte Hippel: »Hast Du etwa noch mal mit den beiden verhandelt?«

»Ich habe sie fertiggemacht. Habe den Preis in schwindelnde Höhen getrieben und bin dann fröhlich abgezogen, gerade daß ich die Tränen noch halten konnte.«

»Und? Was war Dein letztes Angebot?«

»Du wirst es nicht glauben. Tausendfünfhundert Mark.«

»Bist du wahnsinnig? Wenn sie nun darauf ein-gegangen wären?«

»Sie haben Nein gesagt, und das wußte ich vor-her.«

Die ganze Fahrt haben die beiden ihre Freude ge-habt. Immer wieder mußten sie losprusten. Was konnte dieser kalte, graue Regentag ihnen noch anhaben?

Ein Jahr später kamen Hippel & Strack zufällig an dem Ortsschild Laskow vorbei.

»Wie wär's«, sagte Strack, »wollen wir bei den Bauersleuten mal guten Tag sagen?«

Also, sie machten sich einen Spaß draus, klopf-ten an die Tür und gingen durch die Küche, wo sie die Bäuerin begrüßten.

»Der Olle wird sich freuen«, sagte sie. »Gehn' Se ma rein.«

Michalke saß auf dem selben Platz wie damals, aber nicht auf dem selben Stuhl. Er saß auf dem Barocksessel, der so hergerichtet war, daß die bei-den Besucher ihn nicht wiedererkannten.

Der Bauer stand aus dem Sessel auf und sagte: »Da staun' Se wa? Ick war im Märkischen Museum jewesen, die ham mir jeholfen. Ick habe Sprungfe-dern aufjetrieben, det Leder aufjetrieben, det Roßhaar hab ick unserm Pferd selber abjeschnitten und mit eigener Hand jekräuselt, sojar die richtijen Messingknöppe habe ick aus'm Westen besorcht. Kurs eins zu fünf. Und denn hat mir der Möbel-restaurator von et Museum englischet Wachs jeje-ben und mir jezeicht, wie man det bürsten tut, daß et wieder ganz alt aussieht, wie vor dreihundert Jahren. Und det, allet zusammen, hat mehr jeko-stet, als Sie mir jeben wollten. Da sehn' Se mal, alles war richtig, wat wir jemacht haben, stimmt's Hilde?«

»Stimmt«, sagte Hilde.

Die Katze

Seit einem halben Jahr lebte eine junge Katze in meiner Nachbarschaft, ein mädchenhaftes Ding, mit einem schwarzen Strich quer über beide Wangen, dadurch sah sie aus wie eine Indianerin auf dem Kriegspfad. Nein, genauer gesagt sah sie aus wie ein Backfisch, der sich geschminkt hat, um auszusehen wie eine Indianerin auf dem Kriegspfad.

Sie schlich immer so indianermäßig durch das Gras, als wollte sie nicht entdeckt werden, aber das war nur gespielt, denn sobald sie bemerkte, daß ich sie gesehen hatte, kniff sie ihre Basedowaugen ein bißchen zu. Das machen Katzen nur, wenn sie wissen, daß sie entdeckt worden sind, und zwar von einem Freund. Sie wollen damit Vertrauen zeigen. »Dir vertraue ich so sehr, daß ich es mir ersparen kann, Dich im Auge zu behalten.« Das soll es heißen. Welch eine fein ausgeklügelte

Geste. Welch ein Herzverschenken von einem Tier, das den ganzen Tag auf der Hut sein muß, schon wegen der Menschen.

Diese Katze, die ich »Missis« getauft habe, hatte vier Strapse, einen an jedem Bein; oder besser, sie hatte keine Strapse, sondern vier Strumpfbänder, so daß sie, wenn man es noch genauer nimmt, aussah wie eine Biedermeiertänzerin, die zu den Indianern übergelaufen ist.

Unter den Gartenbesitzern in meiner Straße war ich der einzige Faulenzer, was mir die Aufmerksamkeit der Katze eingetragen hat, denn zum Schleichenspielen war das hohe Gras, das es nur bei mir gab, unverzichtbar für die Kleine. Um unsere beginnende Liebe zu pflegen, brauchte ich ohnehin Zeit, soviel eben abfällt, wenn man sich das Sensen erspart.

Missis war das Eigentum einer Dame namens Löhlein, Zeitungsredakteurin, die das Häuschen hinter dem Nachbarzaun gekauft und die junge Katze mitgebracht hatte. Ihr war das Verhältnis zwischen ihrem Nachbarn, also mir, und der Katze nicht verborgen geblieben, und ich hatte das Gefühl, daß sie eifersüchtig war. Einmal fragte sie, warum ich mir nicht selbst eine Katze kaufen würde, dann wäre ich weder länger allein noch auf die Kapricen ihrer »Kimbali« angewiesen.

Ich mußte mir, als ich den Namen »Kimbali« hörte, die Gänsehaut unter den Ellbogen glattstreichen.

Wie gefühllos! Katzen hören die Geräusche einer anderen Welt, sie hören das Aneinanderprallen der Grashalme, das Laub in den Bäumen hören sie an die Zweige schlagen und ein tief in der Erde verstecktes Mausebaby nach der Muttermilch krakeelen. Wer auch nur für das Schwarze unterm Nagel einfühlsam ist, wird dieses hellhörige Tier intuitiv auf einen zischenden Namen taufen. »Kimbali« dürfte von der Katze etwa als ein dumpfes »Höm-höm-höm« vernommen werden. Wenn ich sie aber in den höchsten Tönen anflötete: »Ja, wo ist denn meine niedliche Missis?«, dann hob sie den Schwanz, nur in der äußersten Spitze leicht gekrümmt, in die Höhe, und das bedeutet bei einer Katze, daß sie ihren Namen angenommen hat, die Kontaktaufnahme duldet und die Bezeichnung »niedlich« gelten läßt. Mehr nicht, aber immerhin. Die Katze entzückt den Zartfühlenden.

Menschen meinen, Niedlichkeit sei keine Qualität. Sie verbitten sich jede Bemerkung über das geringste Niedliche, welches man an ihnen entdeckt. Sogar selbstbewußte Menschen haben etwas dagegen, wenn sie als niedlich angesehen werden, auch solche, die es sind.

Frau Löhlein war ein üppiges Frauenzimmer.

Sie hatte einmal beobachtet, daß ich durchs Fernglas ihre Unterwäsche betrachtet habe, ein gelbliches Gewirk mit Spitzenbesatz an Hemd und Hosen, das im Frost auf der Leine hing. Auch nach dem Waschen blieben darin gewisse Beulungen bewahrt, die ihr Körper den Stücken eingeprägt hatte. Ein nicht ganz reizloser Anblick. Einmal sah ich, daß sie mich durch die Gardine beobachtete. Mein heftiges Abwenden vom Zaun mag bei ihr zu falschen Schlüssen geführt haben.

Während der auf Ostern zugehenden Wochen konnte ich wahrnehmen, daß Frau Löhleins Wäscheleine allmählich über Obstbäume und Holzpfähle immer näher an meinen Zaun wanderte, bis ich eines Tages hinübergreifen und das kleine Schildchen in ihrem Schlüpfer lesen konnte: 70 % Wolle, 30 % Seide. In dem Moment trat sie aus ihrer Verandatür und sagte: »Na?«

Missis, ganz in meiner Nähe, schleuderte ein Schneeklümpchen von einer Pfote und glotzte unbefangen zu Frau Löhlein hinüber, die quer durch ihr Gärtchen auf uns zukam.

»Sie, Frau Löhlein, einmal im Freien! Den ganzen Winter habe ich Sie heimlich beneidet, daß Sie sich so schön warm halten können«, sagte ich mit einem Fingerzeig auf die froststeife Wäsche. »Unsereiner ist zu feige, lange Unterhosen anzuziehen. Lieber frieren wir.«

»Warum müssen Männer den Mann herauskehren?« sagte sie, in der Stimme einen neckischen Ton, den man eigentlich erst nach längerer Bekanntschaft anschlägt. »Sie holen sich womöglich eine Grippe? Es würde Sie doch niemand sehen, in den langen Unterhosen.«

Ich schenkte ihr ein durch die Kälte behindertes Lächeln. »Ihre Katze höchstens«, sagte ich, »die mich manchmal besucht. Aber der wird es wohl egal sein.«

»Da möchte ich mal das Mäuschen spielen«, sagte Frau Löhlein, »wenn Kimbali mit meinem Nachbarn vor dem Kamin liegt und ihn anschnurrt.«

»Aber bitte, wenn Sie Sehnsucht nach Ihrer Katze haben, sind Sie stets willkommen. Zwar habe ich keinen Kamin, aber einen gemütlichen Teetisch kann ich bieten.«

»Danke für die liebe Einladung, auf die ich zurückkommen werde. Ich hatte schon überlegt, ob ich Kimbali nicht eine Weile Hausarrest erteilen soll.

Bei mir gibt es übrigens einen Kamin und einen Keller voller Holz. Sollten Sie einmal Lust haben, mir die Katze nach dem Gebrauch zurückzubringen, kommen Sie, wann es Ihnen beliebt. Ihr Körbchen steht nämlich in meinem Wohnzimmer.«

Sie drehte sich auf dem Rückweg um, ihr Gesicht blickte über die Schulter zu der Kleinen: »Komm schon, Kimbali. Wirst Du wohl«, sagte sie, während sie im Gehen den Schwung ihrer Hinterbacken sehen ließ.

Missis stellte sich an meinem Bein auf, legte mir die Vorderpfoten gegen die Knie und ließ mich durch die Hosen ihre Krallen spüren, so feinfühlig, wie es nur Katzen können. Ich nahm sie hoch und sagte ihr leise ins Ohr: »Du bist so nett, Missis.« Dann setzte ich sie schweren Herzens ab, und, indem sie mehrmals verharrend zurückschaute, ging sie aufrechten Schwanzes auf ihre Verandatür zu, die Frau Löhlein einen Spalt offengelassen hatte.

Auch das kann man einem Menschen nicht sagen: »Du bist so nett.« Sie lehnen es ab, die geringste Erwähnung von Nettigkeit zu erlauben. Selbst Menschen, von denen man sagen kann, daß sie nur diese eine Eigenschaft besitzen, wollen nichts davon hören. Zwar darf ich es nett finden, wenn jemand auf meinen offenen Schnürsenkel zeigt. »Danke, das ist sehr nett von Ihnen«, darf ich dann sagen, aber ich darf zu einer von mir bevorzugten Person nicht sagen: »Sie sind nett.«

Seltene Lebensumstände mögen denkbar sein, die so eine Äußerung gestatten würden, wie etwa: »Dafür, dass Du eine Quantenphysikerin bist, bist

Du unerwartet nett.« Aber wann trifft unsereins schon so eine Frau.

Ich bückte mich, um ein paar gefrorene Rosenkohlköpfchen zu schneiden, dabei konnte ich zwischen Schlüpfern und Hemden hindurch beobachten, daß Missis genau im Türspalt sitzen blieb, und zwar so, daß sie mich sehen konnte. Frau Löhlein hat sie dann mit dem Fuß in die Veranda geschoben.

Von diesem Tag an kam Missis nicht mehr. Für mich ist erwiesen, daß man sie eingesperrt hielt. Für ihre Freilassung wurde so etwas wie Wohlverhalten von mir erwartet.

Nach den Heiligen Drei Königen muß sie zwei Wochen inhaftiert gewesen sein, denn weder fand ich Spuren im Schnee, noch hatte Missis die Hühnerleiter benutzt, die ich, schräg zum Schlafzimmerfenster hin, an die Wand meines Hauses gestellt hatte. Missis hatte Gefallen daran gefunden, nachts nach der Jagd zu mir hereinzukommen.

Um ihre Ankunft nicht zu verpassen, hatte ich mir einen leichten Schlaf angewöhnt. Sobald ich das Auftreffen ihrer Pfoten auf den Fußboden hörte, rückte ich vom Kopfkissen herunter und präparierte es für sie, indem ich in der Mitte eine Mulde formte. Dabei flüsterte ich ihr Zärtlichkeiten zu: »Mein Schätzchen ist da? Fein. Du bist

doch die Süße.« Schnurren, Augenschließen, Milch-
tritt auf meinem Nachthemd, kleiner Rundgang in
der Kissenmulde, gemächliches Niederlegen. Das
war das Rituälchen. Sie roch nach frischer Winter-
luft, die eine Weile in ihrem Pelz gefangen blieb.
Und wenn ich sagte: »Na? Kein Küßchen?«, dann,
oh dann streckte sie im Liegen ihren Kopf langsam gegen mein Ohr hin, bis die kleine Nase es
berührte. Zuvor spürt man schon die nach vorn
gespreizten Barthaare, und wer dieses Kitzeln je
gefühlt hat, ja, – was ist mit dem? Der ist verfallen.
Wenn die Katze erst bereit ist, in dunkler Winter-
nacht so dicht an dein Ohr zu kommen, daß ihre
Nase es stupft, dann hörst Du in ihrem Schnurren
etwas, das Du nicht für möglich gehalten hättest,
einen Widerhall von Wildnis, und es gibt Menschen, die sich davor ängstigen, daß die Katze eine
Verwandte des Löwen ist, da kann sie noch so
niedlich sein. Man weiß nie, ob sie sich plötzlich in
der Not daran erinnert.

Manchmal bedaure ich, daß Frauen mir nicht viel
bedeuten. Ich könnte meinem Alleinleben ein
Ende machen und mir eine Frau ins Haus holen,
aber zu oft bin ich enttäuscht worden. Die wenigen Frauen, die ich früher in meiner Nähe erduldet
habe, hatten alle, bei größter Verschiedenheit ihrer
Temperamente, die gleichen Eigenschaften, so daß

ich heute glaube, neben nützlichen Fähigkeiten, die man ihnen zuspricht, wie Liebe zu ihren Kindern, Talent zu Vorahnungen, bis hin zu erstaunlichen Dingen wie etwa ihrer Neigung, metallene Gegenstände zum Glänzen zu bringen und so weiter, haben sie vor allem störende Wesenszüge, die ein Zusammenleben mit ihnen nicht erlauben. Jeder Mann, der schon Interesse an einer Frau gefunden hat, wird wissen, daß sie vom ersten Tag der Bekanntschaft an versucht, die Art von Abhängigkeit zu entdecken, in die sie ihn bringen könnte. Bei jüngeren Paaren ist es vor allem das Gebiet der Erotik, das sie durchforscht. Hat die Frau herausgefunden, daß sie sich Zöpfe flechten müsste, um ihren Liebhaber glücklich zu machen, wird sie, wenn sie ihn erpressen will, das Haar offen tragen. Oder hat sie erkundet, daß ihr Mann, um in feurige Stimmung zu kommen, ihren Körper unbedingt in zerbeulten Trainingshosen sehen will und auf ihrer Haut das Arom von Anstrengung zu schmekken begehrt, wird sie, wenn sie ihn bestrafen will, in der ersten Stufe eine gebügelte Hose anziehen, die zweite Gemeinheit, nämlich sich zu waschen oder, was noch schlimmer ist, sich mit Parfüm zu beträufeln, behält sie in der Hinterhand.

Alles das gibt es bei einer Katze nicht. Sofern das Essen genießbar und die Wärme ausreichend ist, wenn man zum Zerfetzen einen Sessel hergibt und irgendwo ein Loch in die Freiheit offenläßt, wenn man ihr Zeit und ein liebes Wort schenkt, kann man mit einer Katze bis zum Tod zusammenleben.

Wenn ich wollte, könnte ich mich auf den Weg in die Dörfer machen, aus einem Maiwurf das schönste Mädchen auswählen, aber dazu ist es zu spät. Ich werde keine Katze finden, die in der Lage ist, den Gesang eines Vogels nachzuahmen, das kann nur Missis; die zu meckern versteht wie eine Ziege, das kann nur Missis; die, wenn ich »Sagt, holde Frauen, die Ihr sie kennt, sagt, ist es Liebe, was hier so brennt« pfeife, aus tiefstem Schlaf erwacht, auf meinen Sessel springt, mir die Hinterpfoten auf die Schenkel stellt, die Vorderpfoten gegen meine Brust lehnt, den Luftstrom, der meinen gespitzten Lippen entfährt, tapfer erträgt, nur um herauszufinden, wo in meinem Mund der kleine Mozart sich versteckt; das macht nur Missis. Ich liebe sie. Ich liebe nur sie.

Und wieder war es eine Menschenfrau, die eine Leidenschaft in mir erkannt und mich zum Äußersten getrieben hat. Habe ich je im Leben so sehr unter dem Gefühl von Leere, von Sinnlosigkeit gelitten, wie in den Tagen, da ich auf die Gesellschaft meiner Liebsten verzichten mußte?

Im Telefonbuch fand ich unter Löhlein eine mit

dem Vornamen Erika. Das müsste sie sein. Ich rief sie an.

»Liebe Frau Erika, ich hätte bei Ihnen klingeln können, aber vielleicht haben Sie bemerkt, daß ich zaghaft bin.«

»Sie übertreiben«, sagte Erika.

»Wissen Sie denn, mit wem Sie sprechen?«

»Ich habe Sie sofort erkannt«, sagte sie.

Ich sagte: »Ein Kamin ist natürlich verlockender als ein Teetisch. Obwohl, wenn man den Tee auf Kandisklümpchen gießt, kann man es auch knistern hören.«

»Ach wirklich? Aber ich glaube, ein Erstbesuch ziemt sich eher für den Herrn. Bringen Sie doch etwas Kandis mit.«

Der Streusand knirschte unter meinen Schuhen, als ich an ihrem Haus vorbeiging, um Blumen zu holen. In der Hoffnung, nach Wochen einen Wiedersehensblick von Missis zu erhaschen, verharrte ich vor dem beleuchteten Kellerfenster, hinter dem ich Erika Löhlein am Hauklotz stehen und Kaminholz spalten sah.

Ich habe mich für einen Strauß rosa Rosen entschieden, um mir die Symbolkraft dieser Blume zunutze zu machen. Schon an der Haustür konnte ich dafür zärtliche Blicke einheimsen.

Erika hatte ihr blondes Haar zu einer Lockenkugel onduliert, die im Gegenlicht der Flurlampe wie eine Corona ihr Gesicht umstrahlte.

Ich machte einen Diener, in der gebeugten Haltung nach meiner Katze ausschauend.

»Oh, schön sieht es bei Ihnen aus, Frau Löhlein.« Bewundernde Blicke, die ich den kargen Worten zur Stärkung beigab, mögen mein Entree abgerundet haben.

Endlich sah ich Missis. Sie lag eingerollt in einem Hundekorb neben dem Kamin. Als sie meine Stimme hörte, sah sie schlaftrunken zur Tür, sprang auf, blickte herüber und kam auf mich zu. Sie roch meine Hosenbeine ab, bis es länger keinen Zweifel gab: Ihr Liebster war dabei, ihr seinen ersten Gefängnisbesuch abzustatten.

Es wird manchmal behauptet, das Tier könne nicht lächeln. Wer weiß, mit welchen Methoden sich das erforschen ließe. Katzen lächeln. Nicht wie Mona Lisa, mit hochgezogenen Mundwinkeln, das könnten sie nicht, weil ihre Mundwinkel schon von Natur leicht nach oben weisen. Nein, Katzen tun es mit dem ganzen Körper, indem sie die Vorderbeine ausstrecken, um sich auf ihnen niederzusenken. Dann sperren sie ihre kleinen Schnauzen auf, was viele mit dem menschlichen

Gähnen verwechseln. In Wahrheit bedeutet es, daß sie die Unzulänglichkeit ihrer Zähne vorzeigen wollen. »Da, schau her«, soll es bedeuten, »damit kann ich Dir nichts zuleide tun.«

Forscher haben zum Teil andere Ansichten darüber. Allerdings beobachten sie das Verhalten von Tieren nur deshalb, weil sie dabei Vorteile für Menschen herausschlagen wollen. Ihre Ansichten sind gleichgültig, denn Tiere, die wir lieben, vollbringen die Hälfte ihrer Taten ohnehin nur in unserer Vorstellung. Und eigentlich ist es bei Menschen, die wir lieben, nicht anders. Das mag eine durch Erfahrungen nicht gestützte Annahme sein, ich jedenfalls habe unter den Menschen noch keinen geliebt.

»Das sieht aus, als wenn Kimbali Sie erwartet hätte. Sie scheint Sie gern zu haben. Und Ihnen geht es nicht anders, geben Sie's zu«, sagte Erika, während wir einander gegenüber Platz nahmen.

»Glauben Sie, daß Katzen sich monatelang an Personen erinnern?« sagte ich.

»Da sehen Sie es«, sagte Erika auf die Katze deutend, die zu mir auf den Schoß kam, um sich dort einzurollen. Aus konspirativen Gründen wagte ich es nicht, Missis zu berühren, ich ließ die Hände auf den Sessellehnen ruhen.

Mein Plan, mit Missis zusammenzuleben und ihr die Treue zu halten, bis daß der Tod uns scheiden würde, war unumstößlich. Doch noch wußte ich nicht, wie.

Nächtelang hatte ich an eine Entführung gedacht, diese Idee jedoch aufgegeben, weil das einen Umzug in eine andere Stadt bedeutet hätte.

Auch hätte ich während einer längeren Abwesenheit von Erika Löhlein ein Loch in ihr Haus stemmen müssen. Dazu hatte ich Skizzen angefertigt: Ein Ofenrohr sollte unterirdisch in einer Maueröffnung ihres Kellers enden. Der Einbruch in ihr Haus wäre unumgänglich gewesen. Aus Furcht vor gerichtlichen Folgen gab ich diesen Plan auf, denn durch Schneespuren und dergleichen wäre die Sache nicht geheim geblieben.

Ich tat also gleichgültig, obwohl ich gern ein paar Worte mit der Katze gewechselt hätte.

Erika saß vis-à-vis in dem Sessel und schlug von Zeit zu Zeit die Beine übereinander. Dabei scheuerten ihre unter einem Strickrock verborgenen Strümpfe gegeneinander. Ein auffälliges Geräusch.

Ich legte mein Kandistütchen auf den Tisch.

»Muß es wirklich Tee sein?« sagte sie. »Daß Sie ein Katzenfreund sind, weiß ich. Ich wollte eigentlich mehr über Sie wissen. Wie wär's mit einem Gläschen Wein?«

Ob dieses Strumpfgeräusch an den Waden entstand? Oder an den Schenkeln? Was für eine unbegreifliche Frage.

»Ach, dann würde ich aufs Ganze gehen«, sagte ich, »hätten Sie einen Wodka?«

Sie lief ein bißchen hin und her, stellte auf den Rauchtisch ein Glas Wodka, das ich unter ihren ermunternden Blicken austrank und das sie sogleich nachfüllte. Dann nahm sie Platz, um beim Niedersetzen wiederum ihre Strümpfe scheuern zu lassen, diesmal kam allerdings ein Effekt hinzu: Sie wußte es einzurichten, daß der von mir bis dahin unbemerkte Schlitz in ihrem Strickkleid in ganzer Länge aufsprang, wodurch für einen Moment ihr Oberschenkel sichtbar wurde. Die Strümpfe endeten auf halber Höhe des Dickbeins, schnürten das helle, unfeste Fleisch ein wenig ein, und es überkam mich die Lust, diese Strumpfränder herunterzustreifen, um die rötlichen, von der Einschnürung stammenden Ringe in ihrer Haut zu sehen, von deren Vorhandensein ich überzeugt war. Ich konnte bemerken, daß sie mich beobachtete. Sie gab das kleine Schauspiel als Mißgeschick aus und beendete es, indem sie die Rockhälften schicklich übereinanderlegte.

Missis reagierte ab und zu auf das Knistern des Kaminfeuers, ich fühlte mich verpflichtet, es wach zu halten. Zu dem Zweck konnte ich die Katze in ihren Korb tragen und so tun, als hätte ich fürs erste von ihr genug.

»Weil Sie gerade stehen«, sagte Erika. »Sind Sie so nett, den Plattenspieler anzustellen? Nur auf Start drücken.«

Ich drückte den Knopf, es erklang ein Piazzolla-Tango, der sicher vor meiner Geburt aufgenommen worden ist, seine zärtlich-verruchte Stimmung aber nicht eingebüßt hat.

Als ich um Erikas Sessel herumgehen wollte, sagte sie: »Ach, ist das nicht wunderbar?« So daß ich hinter ihr stehenblieb. Ob von der Aufregung des Tages oder warum sonst – Erikas Körper strömte einen Duft aus, der nur weiblichen Menschen eigentümlich zu sein scheint und von dem ich nicht wußte, ob ich ihn je wahrgenommen habe.

Sie legte sich weit zurück, so daß sie mich von unten ansehen konnte. Dabei reckte sie die Arme nach hinten, als wollte sie mich am Weitergehen hindern. Sie schloß die Augen und brachte sich gegen mich in eine Lage, die ich nur als Darbringung bezeichnen kann. Irgendwie kam ich zwischen ihren Händen zum Stehen, die mich wie zufällig berührten. Ein beinahe unvermeidbarer, winziger Schritt nach vorn brachte mich in Kontakt mit ihrem Lockenkopf, den sie genüßlich, langsam, sich an mir reibend nach hinten gleiten ließ, so daß ihr

Körper schließlich, im Gegensatz zu dem meinigen, einen unglaublichen Grad von Entspannung erreichte, so sehr, daß ihre Brüste, wie von selbst, das Dekolleté ihres Strickkleides verließen und sich meinem irrenden Blick darboten. Nachdem sie an meiner Hose den Reißverschluß geöffnet und ich ihr nur beim Lösen des Gürtels geholfen hatte, beugte ich mich über sie, um sie zu küssen. Alle diese und ebenso die folgenden Bewegungen gingen mit großer Vorsicht vonstatten, und doch legte der Sessel sich ganz ruhig nach hinten, kippte auf die dick gepolsterte Lehne, Erika rutschte mir sanft entgegen und gab mir vollends den Weg zu all ihren nur noch nachlässig gehüteten Geheimnissen frei.

Also. Es war so, daß ich, noch mit ihr auf dem Boden liegend, eine Heirat in Erwägung zog, denn Erika erwies sich als eine leidenschaftliche Frau, und da sie sich von der Katze nicht trennen würde, kam mir diese Lösung plausibel vor.

Ich würde später mein Haus verkaufen und mit dem Geld eine Zeitlang auf Arbeit verzichten können, um mich der Kleinen zu widmen, die ich tagsüber, wenn Erika in ihrer Redaktion saß, für mich allein hätte.

Ich besuchte Missis jetzt jeden Abend, wobei ich mich, zum Schein, ihr gegenüber gleichgültig verhielt, als um so rührender mußte Erika mein Bemühen um ihr Vertrauen empfinden, so daß ich, je mehr ich das ihrige gewann, die schönsten Früchte der Zuneigung, ja der Liebe, ernten konnte.

Einmal jedoch, als sie unbemerkt aus der Küche ins Zimmer trat, muß sie gesehen haben, wie die Kleine und ich Wange an Wange im Sessel saßen, und sie muß meine Zärtlichkeiten gehört haben, in einem vertrauten Ton, den ich ihr selbst bisher vorenthalten hatte. Erika räusperte sich und sagte: »Störe ich?« Wir lachten, und die Sache schien beigelegt.

Die Einigung auf unsere Zukunftspläne war eine Aufgabe, die wir an wenigen Abenden und erstaunlich leicht erledigen konnten. Es versteht sich, daß die Katze in diesen Gesprächen nicht vorkam. Nur selten gab es kleineren Streit, etwa, als Erika darauf bestand, ihren Namen zu behalten. Nach gespieltem Zögern erklärte ich mich bereit, den meinigen aufzugeben. Warum nicht? Mein Geburtsname ist Vonderstraße. Zusammengeschrieben. Ein nutzloses »von«, eher enttäuschend.

Um den Kauf meines Hauses bewarben sich mehrere Parteien, ich suchte ein junges Ehepaar aus, dem ich durch scheinbar harmloses Befragen das Eingeständnis einer gewissen Katzenabneigung entlocken konnte. Die junge Dame wünschte sich gesunde Kinder, der künftige Vater sagte mit Bedauern, daß er gegen Tierhaare allergisch sei. So konnte ich sicher sein, daß Missis sich mit diesen Nachbarn nicht anfreunden würde.

Erika und ich bestellten das Aufgebot.

Die Hochzeit hatten wir unter der Verabredung geplant, sie aus dem Rahmen des Üblichen herausfallen zu lassen. Meine Zukünftige glaubte, je unpompöser zwei Menschen einander »Ja« sagen, desto länger würde dieses »Ja« Bestand haben. Wir ließen weißes Kleid und Schleier beiseite, richteten weder Fest noch Kirchenfeier aus.

Der Standesbeamte zupfte mit beleidigter Miene an seinen Manschetten, weil wir während der Zeremonie keine Musik wollten.

Jeder hatte einen Trauzeugen mitgebracht, ich die Witwe eines Schrebergärtners, Erika den Pförtner aus ihrem Zeitungsverlag.

Nach dem Trauakt gingen Erika und ich Hand in Hand im Abenddämmer den Weg durch die nach Vorfrühling duftenden Straßen.

»Ich freue mich auf unsere kleine Familie«, sagte ich, in der Gewißheit, daß Erika das Wort Familie jetzt nichts mehr ausmachen würde. Sie schaute mich nur an. Ich legte ihr meinen Arm um den

Nacken, aber nur kurz, sie war für diese Geste der Vertrautheit zu groß und zu stark in den Schultern.

Es war noch frisch an diesem letzten Apriltag, wir waren zufrieden, hinter uns die Tür zu schließen. Erika zog den Mantel aus. Darunter trug sie einen kurzen Wollrock, der viel von ihren Schenkeln sehen ließ. Zum ersten Mal standen wir als Ehepaar im Flur des Hauses, es war gerade genug Platz für eine Umarmung. Ich fuhr ihr mit der Hand zwischen die Beine, dabei schaute ich über ihre Schulter und spitzte die Lippen zu einem Küßchen, das ich meiner Kleinen zuwarf. Missis war auf das Tischchen der Flurgarderobe gesprungen, wo sie schmale Augen für mich machte. Erika muß ihr Schnurren gehört haben, ließ es sich aber nicht anmerken. Sie erwiderte vielmehr meine Zärtlichkeiten, in dem sie mich berührte wie jemand, der es kaum noch aushält. Ich war glücklich. Nie mehr konnte ich ausgesperrt und Missis konnte nie mehr vor mir verborgen werden. Mir war leicht und heiter zumute.

Wie zu den Klängen eines Hochzeitsmarsches betraten Erika und ich das Wohnzimmer, sahen uns eine Weile mit dem Ausdruck heimlicher Übereinstimmung an, ehe wir das Sofa auseinanderzogen und die Fläche mit einem frischen Spannbettlaken bedeckten.

Im Keller wählten wir einen lieblichen Wein aus, um uns sodann, nachdem ich Feuer im Kamin gemacht hatte, in künstlicher Langsamkeit gegenseitig zu entkleiden.

Piazolla spielte den alten Tango, der unsere Liebesmusik geworden war. Wir lagen die halbe Nacht beieinander, wetteiferten in dem Bemühen, uns wieder und wieder mit dem Wahrmachen unserer Träume aus der Zeit des Alleinseins zu überraschen, und Missis, die treue, wich keinen Moment von unserer Seite, ohne Eifersucht blieb sie mit schmalen Augen in der untersten Ecke auf dem Fußende der Matratze liegen, bis ich sie, nachdem Erika schlief, dort unten besuchte. Ich hatte das Gefühl, sie trösten zu müssen. Wir schauten einander stumm in die Augen. Als sie endlich leise zu schnurren anfing, wußte ich, daß sie mir noch gut war.

Aufgewacht muß ich wohl sein, weil Erika sich im Schlaf bewegt hatte.

Mein erster Blick galt Missis, die ich nirgends im Zimmer sehen konnte.

Die Nacht war noch schwarz hinter den Gardinen.

Ich zog mir etwas über und verließ leise das Zimmer. Nirgendwo stand ein Fenster oder eine Tür offen. Ich wollte die Kellertür öffnen, bemerkte aber, daß sie verschlossen war, was mich beunruhigte.

Gestern abend, nach dem Weinholen, habe ich der Tür keinerlei Aufmerksamkeit geschenkt, wir hatten sie zugemacht, wie immer. Die Messinghaken in der Küche wären der Platz für den Kellerschlüssel gewesen, aber ich fand ihn weder dort noch anderswo.

Ich wollte mich wieder schlafen legen und am Morgen mit Erika darüber sprechen. Es wurde mir jedoch klar, daß ich kein Auge würde zumachen können, ehe ich nicht erfahren hätte, auf welchem Wege Missis das Haus verlassen hat. Meine Aufregung steigerte sich zu einer Form von Panik, die ich an mir nie beobachtet habe. Mit einer Taschenlampe ging ich barfuß in den Garten und stellte fest, daß alle Kellerfenster geschlossen waren.

Mich fröstelte. Diese erste Maiennacht war kalt.

Mit dem Ellbogen zertrümmerte ich eine Scheibe, klaubte die Glasreste aus dem Rahmen und stieg in den Keller ein.

Noch ehe ich den Lichtschalter gefunden hatte, sagte ich: »Missis? Hat man Dich eingesperrt? Süße! Komm her, es wird alles gut ...«

Dann sah ich das Unglaubliche. Ihr schmales Indianerköpfchen lag neben dem Hauklotz. Es roch nach Blut. Die Kriegsfarben über ihren feinen, pelzigen Wangen fingen schon zu verblassen an. Die vier Strumpfbänder an den gestreckten Beinen kamen mir wie eine Verkleidung vor. Unter ihren Pfoten sah ich noch einmal die kleinen rosa Ballen, die sie mir in den schönsten Momenten gegen Stirn und Wangen gelegt hatte.

Dann hörte ich in meinem Schädelinneren etwas Reißendes, wie das Geräusch eines Lichtbogens.

Ich muß ohnmächtig nach hinten gefallen sein, denn mein Wiedererwachen erlebte ich in der Rückenlage mit blutendem Hinterkopf. Bitterer Geschmack in meinem Mund. Ich weiß nicht, wie lange das Aufstehen gedauert hat. Ich hatte eine völlige Steifheit in meinem Körper, in meinen Knien, in allen Gliedmaßen. Ich bewegte mich aber von dem Ort weg und dachte: »Gott im Himmel, mach, daß ich wieder zu Leben komme.« Ich dachte, meine Füße werden im Gehen abbrechen.

Sollen sie es dann im Gericht herausfinden, wie ich es gemacht habe. Oder wo, oder wann. Was ich weiß, ist, daß meine Finger sich in Erikas blonde Locken gekrallt hatten. Daß ich ihren Kopf auf das Kaminholz warf. Von wo er herunterrollte. Er kam nicht weit von dort zur Ruhe, wo mein Liebchen lag.

Nachdem ich ein sehr tiefes Loch gegraben und Missis noch in der Nacht unter den Bäumen beerdigt hatte, ging ich blutüberströmt auf die Wache. Dort glaubte man mir. Auf Anhieb. Jedes Wort.

Schweinegezadder

Den ganzen Tag hatte ich versucht, mit der Zunge ein Stückchen Schweine-gezadder aus einer Zahnlücke zu pulen. Ich hätte es mit einem Zahnstocher herausholen können, aber es war keiner da. Die letzten Zahnstocher hatte ich meinem Nachbarn geschenkt, der sie zur Herstellung kleiner griechischer Schweinefleisch-Spießchen brauchte, zu deren Verzehr er mich ein-geladen hatte.

Auf nichts konnte ich mich konzentrieren. Alle Aufmerksamkeit, zu der ich fähig war, steckte in meiner Zungenspitze. Ich hätte aufstehen und eine Nadel suchen können, aber dazu hatte ich keine Lust. Das Auffinden einer Nadel wäre ohne-hin unwahrscheinlich gewesen. Der Gebrauch von Nadeln ist mir zuwider. Etwa Knöpfe anzunähen, wäre das letzte, was mir in den Sinn kommen wür-de. Wäre ich im mindesten reich, so würde der erste fehlende Knopf an einem Oberhemd nichts anderes als den Wegwurf desselben bedeuten.

Meine Zungenspitze fing an nach Wundheit zu schmecken. Ich überlegte, ob jemand eine Haarspange hätte verloren haben können, in der Nähe meines Bettes vielleicht. Noch im selben Moment entlarvte ich diese Überlegung als das, was sie war: ein Spreizen meiner selbst vor mir selbst. Wer sollte in der Nähe meines Bettes – daß ich nicht lache – eine Haarspange verloren haben können, nachdem ich vor zwei, oder waren es noch mehr Jahre?, drei oder vier?, nachdem ich also jegliche sexuelle Neugier vor Jahren restlos eingebüßt hatte.

Nein, nein. Da war nichts zu machen. Vielleicht würde ich das Gezadder ja abends beim Zähneputzen loswerden.

Was in den folgenden Stunden passiert ist, weiß ich nicht, weiß ich nicht mehr.

Meine Zunge fuhr bis zu ihrer vollständigen Ermattung an der oberen linken inneren Zahnreihe entlang …

Das war der ganze Vorfall. Immerhin schrieb ich über ihn diese Zeilen.

Unser Kollektiv

Pünktlich zu Schichtbe-
ginn, morgens um sechs, stehe ich an meinem Arbeitsplatz. Unser Kollektiv, vier Mann, hat schon
die weißen Kittel an. Wir verabschieden die vier
Leute von der Nachtschicht, die eben dabei sind,
Seife und Waschlappen in die Spinde zu schließen.

Als erster gibt mir Salmann, den wir »Schweinchen Schlau« nennen, die Hand. Er bietet einen kräf-
tigen, leider stets glitschigen Händedruck. Wenn
man ihn anschaut, errötet er.

»Irritiert es Dich, daß ich erröte?« hat er mich
einmal gefragt und dann hinzugefügt: »Es ist nichts
weiter. Eine Mischung aus Scham und Angst.
Nichts weiter.«

Beim Händeschütteln schüttelt er immer gleich
oft, zwei Mal: schüttel, schüttel.

Merkwürdigerweise reden wir nichts miteinander, obwohl ich ihn gern einmal etwas gefragt

hätte. Zum Beispiel ist mir vor Jahren in der Sauna seine Makrophallie aufgefallen. Er verfügt in der Tat über einen erstaunlichen Rüssel, den man, wenn »Schweinchen Schlau« nackt herumläuft, an die Schenkel klatschen hört. Nun ja …

Seit Jahren begrüße ich ihn je nach Schichtbeginn mit »Guten Morgen, Saly; Guten Tag, Saly; Guten Abend, Saly«. Heute ist Frühschicht: »Guten Morgen, Saly.« Ich schaue ihm noch freundlicher als sonst in die Augen. Gerade heute kommt mir wieder zu Bewußtsein, wie gern ich ihn habe. Er ist so machtlos und hilflos und haltlos.

Zuerst verfärben sich seine durchsichtigen Ohren, zwischen denen er hervorlugt, dann erscheint der Hauch von Rosa auch auf seinen Wangen, und während ich mir hinterm Rücken am Kittel die Hand trockne, durchströmt es meine Seele: Ich habe diesen Stasispitzel von Herzen gern.

Doch es ist Zeit, hinüberzugehen zu meinem Freund Fichtel, der mir im Näherkommen schon zulächelt. Früher haben wir Seite an Seite zusammengearbeitet, eine schöne Zeit, in der ich viel von ihm gelernt habe. Er ist der begabteste Chemiker im ganzen Werk, viele Verbesserungen in den Labors verdanken wir ihm. Und obendrein schreibt er jeden Abend einen Bericht über das, was er tagsüber gehört hat. Ein fleißiger Mann. Er ist von uns der einzige, der in den Westen reisen darf. Wie gesagt, Fichtel ist eine Kapazität, ein Naturtalent, ich nenne ihn liebevoll »Meine kleine chemische Keule«.

Er hat geschickte Finger bei der Arbeit, und wenn er an der Pipette saugt, muß man unwillkürlich an einen Saxophonisten denken. Er hat einladende Handflächen, deren rechte er darreicht zum Kontakt mit der Gegenhand. Wenn es so etwas wie den perfekten Händedruck gibt – Fichtel hat ihn. Wunderbar.

Alles steckt in dieser Berührung, die ich jeden Tag aufs neue erwarte: Kraft, Güte, Anstand. Er greift meine Hand, hebt sie nur an, um sie in einem Moment, den er allein entscheidet, ein einziges Mal niederzusenken: schüttel. Eigentlich ganz einfach.

Nun kommt, mit einem Gang, der unbeschwert wirken soll, Marga auf mich zu. Sie ist mit Salmann verheiratet, und schon lange spitzeln sie gemeinsam für die Staatssicherheit. Das hat er mir, in Bierlaune, selbst einmal auf einer Betriebsfeier offenbart.

Marga hat unter dem Schwenken der Erlenmeyer-Kolben und durch die giftigen Dämpfe von ihrer Schönheit eingebüßt, doch auch der Alkohol, an den sie sich gewöhnt hat, zerstört allmählich ihre Züge. Ihr Wesen ist unverändert geblieben, sie ist zuverlässig und hilfsbereit wie selten ein Mensch. Und ehrlich.

Auf jenem Betriebsfest, sie war damals noch eine zarte Schönheit, hat sie auf meine Frage, warum sie um alles in der Welt mit »Schweinchen Schlau« zusammenlebe, trotz ihrer Scheu geantwortet: »Wegen der Mächtigkeit seines Geschlechtsorgans.« Offenherziger kann niemand sein.

Wenn ich an dieser Frau etwas zu tadeln hätte, so wäre es ihr Handschlag. Sie streckt einem die Hand entgegen und kümmert sich nicht weiter darum. Man muß sie irgendwo in der Luft erhaschen, und, wenn es gutgeht, fängt man ihre Finger. Sie fühlen sich an wie rohe Bratwürste, die erst in der Pfanne steif werden. Sie übt dann doch so viel Druck aus, daß es zu einem gleichgültigen Auf und Ab der ineinandergeschlossenen Hände kommen kann. Wie oft, das bestimmt sie nicht selbst, dazu wäre sie zu scheu. Weil ich aber weiß, wieviel ihr dran liegt und weil ich ihr Trostbedürfnis kenne, habe ich mich für die Zahl Vier entschieden: schüttel, schüttel, schüttel, schüttel.

Erwin Döser ist der originellste aus unserer Viererbande. Er soll von Sinti und Roma abstammen, ob er aber ein Sintinachfahre oder ein Romanachfahre ist, darüber weiß er selbst nichts. Es wird wohl so sein, daß seine Hinwendung zu minderjährigen Männern ihm den romantischen Stammbaum erst eingetragen hat. Diese unerlaubte, verpönte Hinwendung hat auch die Werber der Staatssicherheit angelockt, und die haben ihn zur Zusammenarbeit überredet.

Erwin Döser ist ein vorbildlicher, als Aktivist ausgezeichneter Laborant mit der Marotte, täglich ein paar Tropfen Schwefelsäure oder Kalilauge in ein Glas zu träufeln und es, mit Wasser verdünnt, vor unseren Augen auszutrinken. So außergewöhnlich diese Darbietung ist, von seiner Neigung zu Stimmbrüchigen kann er damit nicht ablenken.

Zu Schichtbeginn reicht er mir seine Rechte, hält einen Moment still, bildet dann aus beiden Händen ein Sandwich, in welchem er meine Hand als Belag festhält, und zwar so lange, wie dies für ein dreimaliges Schütteln erforderlich ist: schüttel, schüttel, schüttel.

Dies ist das vielleicht schönste Ritual in unserer Republik. Es dauert täglich pro Schichtwechsel eine gute Dreiviertelstunde und wird in allen Abteilungen unseres Volkseigenen Betriebes gefeiert, in dem mehr als viertausend Werktätige Arbeit und Brot finden.

Und so ist es im ganzen Land.

Wir alle brauchen es, um uns wohlzufühlen.
Und das tun wir.
Wir alle fühlen uns wohl.

Das obere Stockwerk des
Hauses ist ein einziger Speicherraum, von Baum-
stämmen getragen, die man durch die zerfresse-
nen Dielenbretter sehen kann. Der Dachstuhl ist
hoch wie ein Kirchenschiff, unwillkürlich sucht
der Blick eine Orgel, aber es gibt nur Halden von
alten Koffern, staubiges Mobiliar, Kisten und Kasten.

Der einzige Mensch im Haus ist Herr Oswald,
und er ist dem herrschaftlichen Paar, das gestern
eine Reise über die Feiertage angetreten hat, die
einzige Hilfe.

Das Gutshaus der Familie Bärfeld hat früher un-
beobachtet auf der Wiese gestanden, inzwischen
ist es von der Stadt erreicht und umschlungen
worden. Gerade der Garten ringsum ist noch da,
seine Mauern haben dem Andrängen der Zement-
mischer standgehalten.

Als die Herrschaften abfuhren, haben sie den Gärtner zu ungewöhnlicher Arbeit vergattert.

»Herr Oswald, vergessen Sie nicht, den Dachboden zu entrümpeln. Und machen Sie uns keine Schande«, sagte Frau Bärfeld in neckischem Ton, bevor der Gärtner das Tor zur Straße hinter der ausfahrenden Limousine wieder schloß.

Er ist jetzt allein und hat den alten Eisenschlüssel in der Hand, der ihm feierlich ausgehändigt worden ist. Nun steigt er zum ersten Mal den obersten Treppenabsatz hinauf.

Als er die Tür öffnet, fällt ihm eine Leiste trokkenen Taubenkots auf die Schulter. Er versucht das Einatmen des bitteren Guanomehls zu vermeiden, während er, eher mit Unlust, einen ersten Blick in die Gassen des Antiquariums wirft, das er beseitigen soll und das einst seine Mutter während ihrer Dienstzeit hier angehäuft hat. Sie ist lange tot. Eigentlich war sie Köchin, aber es gab immer weniger zu kochen in der Gutsküche, die Herrschaften starben, und ihre Hinterlassenschaften wanderten Stück für Stück auf den Speicher.

Herr Oswald klopft sich die Schultern ab. Seine Augen gewöhnen sich an das Zwielicht. Er hat einen leicht gebeugten Rücken, die Wirbelknochen sind auf dem Tuch seiner Jacke zu sehen. Kleinlaut schaut er drein. Die ersten Ideen zur Bewältigung der Arbeit verwirft er im selben Moment, sie kommen ihm roh und niedrig vor. Mal sieht er sich mit dem Beil, mal mit der elektrischen Säge all das Zeug zerkleinern und als Brennholz die Treppen hinuntertragen.

Mit zaghaften Schritten bewegt er sich vorwärts, um die unhandlichsten Stücke vorzumerken, dabei fällt sein Blick auf eine Puppe.

Fröstelnd knöpft er seine Jacke zu und bleibt stehen. Es ist Sonntag. Alles ist ruhig. Von fern ist das Stadtrauschen zu hören und das Trappeln der Marder, die sich irgendwo auf dem Speicher angesiedelt haben. Im Vorbeigehen nimmt er die Puppe aus dem Wäschekorb und entdeckt im Rücken ihres schimmeligen Lederbalgs ein gebläutes Metallstück, das mit Rostpocken bedeckt ist. Herr Oswald reißt die morsche Rückennaht auf und zieht aus dem Puppenkorpus das vollständige Objekt heraus.

Augenblicklich steigt Hitze in ihm auf, es beschleunigt sich der Puls des Gärtners, der, zum ersten Mal in seinem Leben, eine – man müßte sagen: leibhaftige – Pistole betrachtet. Er wägt sie in der linken, wägt sie in der rechten Hand, bläst den Seegrasstaub aus ihrem Lauf, genießt das Gewicht, ihre Kühle, und er weiß wieder, was er schon in seinen Kindertagen heimlich wußte, daß sich nämlich eine Pistole schöner in die Hand schmiegt als irgend etwas sonst auf der Welt. Diese Pistole hier ist ein ganz extraordinäres Modell. Handgefertigt könnte sie sein, ja, sie ist es ganz sicher. Sie könnte das Geschenk an einen siegreichen General gewesen sein. Alle Finger des Gärtners wissen, wo sie hingehören, sie wußten es schon immer, keiner liegt falsch, keiner kann falsch liegen, das würde die Pistole nicht zulassen, nicht diese hier, denn sie weist allen Fingern den Weg. Ihr mattglänzender Nußholzgriff hält an der Innenseite drei Einbuchtungen bereit, da kann es keinen Irrtum geben, und während der Daumen in einer nur für ihn gemachten, schräg zum Lauf liegenden Mulde und sonst nirgendwo Platz findet, bleibt einzig ein Finger für den Abzug übrig, der Zeigefinger.

Herr Oswald zielt. Er hält die Waffe mit angewinkeltem Arm, dirigiert das Korn in die Kimme und sein rechtes Auge mit beiden in eine Linie, als hätte er es unzählige Male gemacht. Nur abdrücken mag er nicht, aus Angst vor Entdeckung und weil er sich, um den möglichen Folgen einer Glücksohnmacht vorzubeugen, erst niedersetzen muß.

Wenn er nur den Blick von der Pistole wenden könnte, würde er zur Erholung die Augen schließen, aber er überwindet den Moment des Taumels auch ohne das. Traumwandlerisch drückt er den

Knopf, der das Magazin herausspringen läßt. Er findet es bis oben hin gefüllt mit Patronen, mit antiken Patronen gewissermaßen, die Messinghülsen schimmern dunkelbraun, die Patina der bleiernen Projektile ist fast schwarz.

Der Gärtner denkt über eine Gelegenheit nach, schon jetzt, schon hier, wie er das ganze Magazin verschießen könnte. Nicht nur dieses eine, viele Magazine würde er leerfeuern, bis das Handgelenk schwellen und ihn der Schmerz endlich bremsen würde.

Herr Oswald reißt die Puppe auseinander, läßt die Seegrasfüllung durch seine Finger rieseln, – aber es findet sich keine einzige weitere Kugel.

Herrn Oswald ist wohlbekannt, daß niemand eine scharfe Waffe besitzen und scharfe Munition verschießen darf, es sei denn, er wäre Polizist oder sonst befugt. Als er ein junger Mann war, hat Herr Oswald sich mehrmals beim Wehrkreiskommando gemeldet. Freiwillig. Er hätte sich zu den Soldaten einziehen lassen und mit Freuden gedient, nur um seine Wange an einen Gewehrkolben zu pressen und im Augenblick des Feuerns den strengen, intimen Schlag des Kolbenbodens unter seinem Schlüsselbein zu spüren. Man hat ihn nicht aufgenommen, weil man, beidfüßig, zwei zusammengewachsene Zehen an ihm bemerkt hat.

Er war sich aber sicher, die Bronchialgeräusche, die zusätzlich entdeckt worden sind, trügen eigentlich die Schuld daran, daß er sich den Genuß des Schießens niemals würde verschaffen können, es sei denn durch etwas ganz Undenkbares, durch den heimlichen Besitz einer Waffe.

Schon während er die Treppe wieder hintergeht, fängt er an sich auszumalen, wie sein Schützenfest vonstatten gehen wird. Einen Wald stellt er sich vor, tief und menschenleer. Er wird in der Deckung eines Baumes verharren, der Gärtner, dem niemand die Geschmeidigkeit zutrauen würde, mit der er jetzt den Schlitten seiner Pistole zurückziehen wird, um ihn elegant wieder nach vorn schnappen und die erste Kugel im Lauf plazieren zu lassen. Er wird zielen, abdrücken und treffen. Tief wird das Blei in den Stamm eines Baumes dringen.

Aber er weiß doch, daß es einsame Wälder nicht mehr gibt. Überall muß man Menschen gewärtigen, die lauschen und beobachten, Wahrnehmungen machen und der Polizei bei den Phantombildern helfen.

Herr Oswald bewohnt anderthalb Stuben im Souterrain des Gutshauses. Dort schließt er sich ein, setzt sich an den Tisch und entleert das Magazin, indem er Kugel für Kugel mit dem Daumen herausdrückt. Es sind zwölf Stück, wenig genug. Er nimmt sich vor, sie alle an einem einzigen Tag erschallen zu lassen.

Freilich, ein Areal in der Wüste Sahara wäre eine sichere Sache, aber wie soll er sich und die Pistole dort hinschaffen. Fliegen ist teuer, man wird durchleuchtet und abgetastet.

Herr Oswald sieht aus dem Fenster, das bis zur Hälfte zugemauert ist, so hoch steht das Erdreich. Durch den oberen Teil kann er in den verschneiten Garten sehen, dessen Schmalseite linkerhand gegen den angrenzenden Weg durch eine hohe Mauer geschützt ist. Die Glasscherben auf ihrem Grat sind von unten nicht zu sehen. Es sind die Reste von zertrümmerten Champagnerflaschen, deren Korken noch vor den beiden Weltkriegen durch die Halle des Gutshauses geflogen sein mögen. Nah an dieser Mauer, an ihr entlang, in ihrem Schutz könnte der Gärtner sein Fest feiern, denn parallel zu ihr, im Garteninnern, steht eine Reihe von Koniferen, die er einmal gepflanzt hat. Ein Glück scheint ihm die so entstandene Gasse zu sein. Zwar führt sie sinnlos auf den Komposthaufen zu, würde aber perfekte Deckung bieten.

Erregt wendet sich Herr Oswald vom Fenster ab. Ihm fällt auf, daß er heute den Adventskalender, den er jährlich aufs neue füllt, noch nicht ausgeräumt hat. Er öffnet das Türchen, das zwei Tage vor Heiligabend an der Reihe ist, hinter dem Frau Holle die Betten schüttelt, und entnimmt dem Fach ein selbst eingekochtes Himbeerbonbon.

Lutschend läuft Herr Oswald einige Male um den Tisch, auf dem, neben den zwölf penibel aufgereihten Patronen, seine Pistole liegt. Die aufgequollenen Dielen sind unter seinen Schritten nicht zu hören. Er setzt sich, erntet links und rechts von seinen Nasenflügeln mit dem Zeigefinger etwas Talg, den er auf die Waffe aufträgt, um ihr den ursprünglichen bläulichen Schimmer wiederzugeben.

Plötzlich werden seine vom Lutschen bewegten Lippen regungslos. Er unterbricht die Politur, schließt zur Hälfte die Augen, und es zeigt sich in seinen sonst prunklosen Zügen ein Lächeln. In diesem Augenblick macht Herr Oswald die Entdeckung, daß man eine Pistole nicht nur vor den Augen, sondern auch vor den Ohren neugieriger Menschen verstecken kann. Es gibt eine Nacht im Jahr, in der *das* Kunststück gelingen muß. Ja, er wird es in der Silvesternacht machen, wenn ringsum alles jubelt und knallt.

Zwei harte Arbeitstage sind vergangen. Der Heilige Abend ist da, Herr Oswald steht mit umwickelten Händen vor dem Gerümpelberg, den er im

Garten aufgetürmt hat und der ihn an Größe überragt. Der letzte Handgriff für heute ist, daß er Hauklotz und Axt vor der Verschüttung rettet, dann schleppt er sich mit einem Armvoll Kleinholz ins Haus. Den Kanonenofen in seiner Stube hält er neuerdings auch tagsüber am Brennen, seit er nämlich die Pistole in der Nähe des Kaminzugs an der warmen Wand aufgehängt hat. Es wird Feuchtigkeit in den Patronen stecken, verklumptes Pulver könnte zu Ausfällen führen.

Jeden Tag schüttelt er seine Munition Stück für Stück sorgfältig durch, und es hört sich immer weniger nach Bröckchen, immer mehr nach Pulver an.

Herr Oswald wickelt den Verband von seinen blasigen Händen, die er nach dem Öffnen des Fensters für ein paar Augenblicke in den Schnee legt. In einer Woche will er die volle Feinfühligkeit wiedererlangt haben, nur keine Taubheit in den Fingern, keinen Grind, keine Schmerzen.

Er schließt das Fenster, streicht einen Rest Butter von der Untertasse und schmiert sich die Handballen damit ein. Zwei der ausgedienten Baumwollhöschen, die Frau Bärfeld gelegentlich für ihn in die Putzlappenkiste wirft, dienen ihm als neues Pflaster, das er mit einer Lage Isolierband umwickelt.

Aber Ruhe kann er seinen Händen nicht gönnen. Es ist Zeit, das Heiligabendritual einzuleiten, um dessen Schönheit er sich von jedem, der es miterleben könnte, beneidet fühlt. Er holt unter dem Eisenbett das Koffergrammophon hervor und stellt es auf den Stuhl unter dem Weihnachtskalender. Das Dutzend alter Platten dazugerechnet, sind jetzt alle Requisiten beieinander, die ihm von seiner Mutter geblieben sind.

Als erstes legt er ihr Lieblingslied auf:
»Regentropfen,
die an Dein Fenster klopfen,
ich sage Dir
sie sind ein Gruß von mir.«
Es folgt ein sanfter Liederreigen, der, wie alle Jahre, von dem wunderbaren Stück
»Niemand liebt Dich so wie ich,
bin auf der Welt ja nur für Dich …«
beschlossen wird.

Seit dem Tod der Mutter ist es Herrn Oswald nicht gelungen, bei der Stelle
»… Bin Sklave Dir, o Königin …«
die Tränen zu unterdrücken.

Er beugt sich nach vorn, stützt die Ellbogen auf die Knie, legt die Hände vors Gesicht und weint. Seine Fähigkeit zu weinen liebt Herr Oswald an sich selbst. Das erlösende Gefühl nach dem Wegwischen der Tränen zeigt ihm: So schlecht kann es um ihn nicht stehen. Er fragt sich, ob er nicht einen Menschen liebhaben könnte. Einen Menschen streicheln, ein Kind oder eine junge, schöne Frau. So wie er die Pistole streichelt. Ein Mensch würde vielleicht ein genüßliches Atmen hören lassen oder ihm einen dankbaren Blick schenken, aber dahinter würde doch nur die Gier nach Liebe und immer mehr Liebe stecken. Der Mensch ist eben dasjenige, was am meisten anstrengt.

Von Angst und Sehnsucht gleichermaßen ist die Seele des Gärtners bewegt, die Stunden verrinnen langsam, und doch verkürzen sie die Zeit, die ihm bis zum Schießen noch bleibt, dem er entgegenfiebert und vor dem er doch auch zurückschreckt, wie der Lustmörder vor der Mordtat.

Eine Woche noch, dann kann die Welt zwölf große Schüsse vernehmen. Nein, sie kann es eben nicht. Denn im ganzen Umkreis kann es nur Herr Oswald, der Beherrscher des diese zwölf Schüsse auslösenden Zeigefingers sein, der im Papphülsengewitter der Silvesternacht den Unterschied kennen wird. Und es ist ein großer Unterschied, ob polizeilich zugelassene Drogeriefrösche verpuffen, oder ob eine wohlbemessene, seit einem halben Jahrhundert eingesperrte Pulverladung endlich explodiert, um schweres Blei auf den Weg zu schikken.

Nach dieser Ausschweifung kommt Herrn Oswald das Rauschen der Schallplatte zu Bewußtsein, deren Innenrille unter der Nadel leer dahinfährt.

Herr Oswald kniet nieder, legt die verbundenen Hände zusammen und betet mit leiser, doch gesammelter Stimme: »Ich danke Dir, Herr Gott, daß Du mir die Kraft gegeben hast, den ganzen Speicher aufzuräumen. Es ist alles gefegt und gewischt. Den Berg räume ich aus dem Garten erst fort, wenn Frau Bärfeld mit ihrem Mann wiederkommt, damit sie sehen kann, daß es viel Arbeit war. Danke für die Pistole. Amen.«

Der Silvestertag hat eine endlose Woche auf sich warten lassen, und nun ist er da.

Im Garten des Gutshauses fällt das Abendlicht auf eine festliche Dekoration. Herr Oswald hat einen Pfahl aufrecht in den Gipfel des Komposthaufens gepflanzt, rechts und links flankiert von zwei brennenden Meßkerzen. Obenauf ruht der lebensgroße Kopf eines Mädchens aus grünem Marmor, der sich im Schutt gefunden hat, mit Schneckenzöpfen und abgeschlagener Nase.

Zwanzig Schritt entfernt davon steht Herr Oswald zwischen zwei Blumentöpfen, die er als Markierung der Feuerlinie dort niedergelegt hat.

Jenseits der Mauer werfen die Buben ihre Schweizer Kracher unter die Röcke der Mädchen,

soweit diese aufreizend genug sind, am Silvestertag Röcke zu tragen.

Zur Tarnung reicht das alles nicht aus, es ist zu
früh und zu hell.

Im Haus läutet das Telefon, Frau Bärfeld ruft aus
den Alpen an. Als Herr Oswald ihr Bericht erstattet, ist sie begeistert. Niemand, sagt sie, könne
ihm ansehen, welche Ausdauer in ihm stecke, welche Kraft. Nun sei sie neugierig auf zu Hause, er
möge sich wacker halten, sie wolle ihn gesund
wiedersehen.

»Ich freue mich auch«, sagt Herr Oswald, »Sie
wiederzusehen, Frau Bärfeld. Und den Herrn Ge-
mahl, nicht zu vergessen.«

Er reibt seine Hände ineinander, um ihre Geschmeidigkeit zu prüfen. Dann bügelt er ein Hemd
und holt den gelüfteten Gehrock aus dem Garten
zum Bürsten herein. Unter den beiden Krawatten
wählt er die weichere aus, ein gefüttertes Seiden-
stück aus alten Tagen.

Nachdem er sich also festlich angekleidet und
das gefettete Magazin bis zum Einschnappen in
den Pistolengriff geschoben hat, betrachtet er sich
im Dielenspiegel. Es gelingt ihm, das Gefühl auf-
steigender Einsamkeit zu unterdrücken, indem er
dem Spiegel allmählich näher tritt, bis er nur noch

seine Augen sieht. Nachdem er das, wonach er unwillkürlich sucht, nämlich den Wahnsinn im eigenen Blick, nicht finden kann, wendet er sich beunruhigt ab.

Der Silvesterkrach draußen hört sich jetzt brauchbar an. Herr Oswald durchquert mit gestrafftem Körper unter Umgehung der Gerümpelhalde den Garten. Er stellt sich zwischen den Blumentöpfen auf. Viel Zeit darf er nicht verlieren, seine Uhr zeigt fünf Minuten vor zwölf.

Der Himmel ist dunstig, in großer Höhe zerberstende Raketen sind nur als Lichtschein zu sehen, das Geprassel wird dichter.

Den ersten Schuß gibt Herr Oswald, wie in einer plötzlichen Laune, aus der Hüfte ab, als wäre er ein amerikanischer Filmheld. Der Knall ist schön, laut, edel. Schöner und lauter und edler als all der Lärm ringsum. Ein wunderbarer Knall.

Die folgenden zehn Schüsse werden alle in Idealstellung abgefeuert, leicht vorgebeugt, mit angewinkeltem Arm. Er trifft jedesmal den Marmorkopf, dessen grüne Splitter sich auf dem Komposthaufen ausbreiten.

»Was machen Sie da?«

Herr Oswald schaut nach oben zu der glasgespickten Mauerbrüstung. Er sieht einen Mann in mittlerem Alter, mit pomadisiertem Haar. Der trägt eine Smokingjacke, darunter eine Chemisette mit roter Fliege, die Hände stecken in ledernen Arbeitsfäustlingen, wie sie von Eisenbiegern getragen werden.

»Was machen Sie da?«

Herr Oswald durchlebt einen ohnmachtähnlichen Moment. Zwar hat er die Geistesgegenwart, seine Pistole in der Rocktasche verschwinden zu lassen, was ihn aber beunruhigt, ist das in raschen Stößen fühlbare Rauschen in seinem Kopf.

»Verstehen Sie kein Deutsch?«

Herr Oswald, statt nach einer harmlosen Erklärung zu suchen, ist zum Handeln nicht imstande. Er würde gern die Kerzen am Marmorkopf in aller Ruhe ausblasen, dem Mann auf der Mauer »Prost Neujahr!« zurufen und ihm erklären, daß er sich mit dieser Schreckschußpistole fröhlich unter die Knaller mischen wollte, nichts weiter. Aber in seinem pochenden Hirn ist immer nur die Frage: Wie kommt der Mann dort oben hin?

»Sie schießen mit einer scharfen Waffe? Im Freien? Sie mißbrauchen den Silvesterlärm, um eine hinterhältige Straftat zu begehen? Können Sie einen Waffenschein vorweisen? Diese eigenbrötlerische Art, die Sie am Leibe haben. Ich weiß, daß Sie nicht normal sind. Meine Frau wechselt die Straßenseite, wenn sie Ihnen begegnet. Alle in der Nachbarschaft wissen, daß Sie ein gefährlicher Mensch sind. Man nimmt die Kinder von der Straße, wenn man Sie kommen sieht. Ich danke Gott für die Eingebung, Sie heute einmal zu beobachten, und Sie sehen, ich habe Sie überführt! Wissen Sie, was ein Querschläger ist? Wissen Sie, wie viele Umdrehungen, falsche Umdrehungen, Umdrehungen um seine Querachse, ein solches Projektil pro Minute erreicht? Zwanzigtausend! Wie eine Fräse schwirrt es durch die Luft, dringt in den Schädel ein und alles, was es hinterläßt, ist Püree. Das können Sie sich nicht vorstellen, daß ein Abpraller über die Mauer schwirrt und ein unschuldiges Kind trifft? Nein? So weit geht Ihre Phantasie nicht? Als unbescholtener Bürger wollen Sie durchgehen. Der Staatsanwalt wird Ihnen was erzählen! Sie sind ein Monster, mit Ihnen kann man nicht in ein und derselben Stadt leben. Werfen Sie die Pistole herauf, dann gehen wir zur Polizei. Wird's bald!«

Die elfte Kugel hat den Schlitten der Pistole zurück- und vorschnellen lassen. Die zwölfte liegt im Lauf. Herr Oswald zielt wie nebenbei auf den Kopf des Mannes und drückt ab. Er glaubt das Bersten des Schädels zu hören.

Der Mann verschwindet hinter der Mauer.

Herr Oswald erlebt sich in diesen Augenblicken als einen gelassenen Menschen, auch wenn ihn gerade jetzt leichter Irrwitz anzuwandeln scheint, denn mit sich überschlagender Stimme ruft er »Prost Neujahr«! Ihm ist, als hörte er von den Dächern und Balkonen ein gellendes Echo. Scheinbar ruhig schlendert er auf den Komposthaufen zu, bläst eine der beiden Kerzen aus, steckt die Pistole in seine Hosentasche, ergreift die Schubkarre und macht sich auf den Weg.

Er läuft seine kleine Allee entlang, den Kiespfad hinunter bis ans Tor, das er zur Hälfte öffnet.

Ein heftiger Schneeschauer schwebt herab, das Weiß überdeckt den Matsch der Straße.

Ohne sich umzusehen, wandert Herr Oswald mit der Schubkarre, diesmal außerhalb, an der Mauer entlang bis zur Ecke. Von hier aus kann er im Schneetreiben die Trittleiter aus Leichtmetall sehen, auf deren höchster Stufe der Mann gestanden haben muß. Der liegt jetzt ruhig auf dem Gehsteig und kann sein Blut nicht halten.

Herr Oswald klappt die Leiter zusammen, legt sie auf den Boden und rollt den Leichnam darauf. Er hebt die zur Bahre gewordene Leiter jetzt am Fußteil auf und bugsiert sie längs auf seine Karre, so daß er den Rückweg antreten kann, in der Lücke zwischen zwei Leitersprossen und zugleich zwischen den gespreizten Beinen des Toten.

Am Komposthaufen, wo er die Fuhre abstellt, beginnt er eine neue schwere Arbeit.

Der Morgen graut, als er sein Werk beendet hat. Die heruntergebrannte Altarkerze verliert in der Dämmerung ihre Kraft. Herr Oswald löscht sie aus. Erschöpft tritt er einige Schritte zurück. Alles liegt da wie eh und je.

Tief unter dem Haufen im Erdreich liegt der tote Mann. Er hat eine Leiter, einen halb zertrümmerten Marmorkopf, eine Pistole und genau zwölf aufgesammelte Patronenhülsen bei sich.

Nie ist der Gärtner Oswald gefragt worden, ob er über den Verbleib jenes Mannes etwas zu sagen wüßte.

In seiner letzten Stunde, als er zum Sterben auf seinem Eisenbett lag, hielt Frau Bärfeld Wache. Ihr Liebreiz, obwohl sie einige Witwenjahre hinter sich hatte, war noch nicht vergangen. Herr Oswald schaute sie aus ermattenden Augen an. Seine letzten Worte waren: »Unter dem Komposthaufen …«

Die letzten Worte, die sein schwindendes Bewußtsein erreichten, kamen aus dem Mund von Frau Bärfeld. »Wir sprechen jetzt nicht über die Arbeit. Das hat Zeit.«

Romanze

Ein liebes Frauchen woll-
te ich mir ins Haus holen. Ein liebes, gutes Frauchen, nicht zu jung, mit wenig Fingerfertigkeit, so
ähnlich wie meine Mutter war, mit der ich bis zu
ihrem Ende gut ausgekommen bin.

Ein Stutzbärtchen auf der Oberlippe wollte ich
mir stehen lassen. Daran hätte sie sich freuen und
es hätte uns gutgehen können. Kochen hätte sie
kaum müssen für mich. Wie man aber die hauch-
dünnen Zwiebelscheiben herstellt, welche man auf
Leberwurstschnitten legt, das hätte ich ihr gezeigt.
Ich hätte ihr auch den Laden gezeigt, in dem es
schöne Schlüpfer für Sommer und Winter gibt. Das
wäre ein Muß gewesen für mein Frauchen, daß sie
hellbraune Makkoschlüpfer angezogen hätte, und
keine anderen.

Wir hätten uns ganz allein ein Häuschen gebaut, wir beide zusammen. Die schwersten Arbei-

ten hätte ich ihr abgenommen, damit sie keine Muskeln ansetzt. Ich hätte den Mörtel angerührt und die Steine geschleppt, sie hätte sich hier und da nach einem Werkzeug gebückt, wobei ich ihren Rücken hätte beobachten können und ihr Hinterteil in den Schlüpfern. Wunderbar stelle ich mir ihre halb verdeckten Schenkel vor, prall und reif, nur die Kalkspritzer, die sie sich nach dem Trocknen ungeschickt abgeknaupelt hätte, wären weißer gewesen als ihre Haut. Und während sie mir die Wasserwaage gereicht hätte, hätte sie mich aufmerksam angesehen, wie ein Junge den Meister ansieht, und ich hätte ihr gezeigt, was man mit der Wasserwaage macht. Alles hätte ich ihr gezeigt. Sie hätte leicht rötliche Haare gehabt, und ich hätte mich nach der Arbeit an ihrem Schweißduft erfreut.

Weiß Gott, ich hätte sie von Herzen geliebt.

Aber es ist anders gekommen. Ich bin allein geblieben, und es wird wohl so sein, daß ich einmal allein sterben werde.

Der Meister

Diese Geschichte ohne eine gewisse Anspannung zu erzählen, fällt mir nicht leicht, denn ich lege Wert darauf, daß sie geglaubt wird, und wenn ich mich recht erinnere, ist nichts Erfundenes daran.

Als ich jung war, gab es eine Phase in meinem Leben, da interessierte mich vor allem die Welt des Magischen. Sogenannte Zauberer meinte ich nicht. Auf Kaninchen, die jemand an den Ohren aus einem Zylinder zog, war ich nicht neugierig. Ebensowenig auf Tauben, die zerknüllt aus Westentaschen gezogen wurden, um sie dann durch den Saal fliegen zu lassen. Das war nichts für mich.

Ich wollte ernsthafte Untersuchungen anstellen, dazu hatte ich spiritistische Zeitschriften abonniert und gab Geld für Reisen aus, denn ich besuchte berühmte Hellseher und Wahrsager. Diese

Menschen auszuhorchen, ihre Geheimnisse zu erfahren, darin lag für mich der Zauber.

Doch je mehr Erfahrungen ich damit machte, desto größer wurden die Enttäuschungen. In einem quälenden Prozeß mußte ich mich davon überzeugen, daß alles Lug und Trug war.

Je üppiger ihr Honorar, desto frecher phantasierten die Wahrsager das Blaue vom Himmel, sobald sie herausgefunden hatten, was der jeweilige Kunde hören wollte. Eines Tages war es soweit, ich war darauf aus, diese Kunst als Übertölpelung des Publikums anzuprangern.

Eine letzte Reise hatte ich mir aufgespart. Ich wollte mir nicht den Vorwurf machen, der Begegnung mit Meister Vonderwerth ausgewichen zu sein, welcher der größte Seher der Zeit war.

Die Selbstbefreiung von meiner Sehnsucht nach Wundern stand bevor. Wenn ich mich heilen wollte, konnte dieser Besuch nur eines bedeuten: das Scheitern des Hellsehers. Alles andere hätte mich aufs neue verwirrt.

Das fast vergessene Städtchen Ratlingen war durch Vonderwerth wieder ins Gespräch gekommen. Sein Haus, dessen Abbildung ich schon in der Zeitung gesehen hatte, war in einer der Gassen am Markt leicht zu finden. Der in Sandstein ge-

rahmte Eingang war alt, solide, durchaus einla-
dend. An der Tür fand ich keinen Namen, nur das
Wort »Klingel« stand auf einem Email-Schildchen,
dazu ein gemalter Finger, der auf einen Eisenring
zeigte.

Während ich die Fassade betrachtete, gesellte
sich eine Dogge an meine Seite, ein Rüde mit
Halsband, dessen Aufmerksamkeit ebenfalls auf
die Tür gerichtet war. Tierfreund bin ich nie gewesen, deshalb beruhigte es mich, daß der Hund
von mir kaum Notiz nahm. Offenbar wartete er
auf Einlaß. Daß ich an dem Klingelring zog, schien
ihn zu beruhigen.

Der Hellseher Vonderwerth öffnete selbst. Er trat
kurz hinaus auf die Gasse und bat mich mit einer
Geste hinein.

»Herr Dagobert Schönfeld aus Potsdam?« fragte
er.

»Habe die Ehre«, antwortete ich im Eintreten.

Der Hund war uns vorausgegangen, wir stiegen
hinter ihm eine Treppe hinauf in den ersten Stock,
der aus einem großen Raum bestand. Ich sah keine Möbel, nur in der Mitte einen schweren Tisch,
in dessen Platte polierter Schiefer eingelassen war.
Um den Tisch herum standen vier Polsterstühle.
Eine geisterbeschwörerische Ausstattung wie ge-

wöhnlich, etwa ausgestopftes Getier, Glaskugel, Plüschvorhang – von alledem war nichts zu sehen. Es war hellichter Tag.

Der Meister wies mir einen Polsterstuhl zu und setzte sich, mir gegenüber, neben den Hund, der auf dem Polster des zweiten Stuhls Platz genommen hatte. Ich störte mich daran ebensowenig wie der Gastgeber.

Vonderwerth hatte ein Bauerngesicht mit grauen Augen, und obgleich sein Haar weiß war, dürfte er nur knapp jenseits der Fünfzig gewesen sein. Ich erwartete, daß er mich nach dem Grund für meinen Besuch fragen würde, er schwieg jedoch und sah mich an.

»Ich komme zu Ihnen, weil ich von allen Seiten nur das Beste über Ihre Arbeit gehört habe.«

»Danke«, sagte der Meister, ächzend unter der Bürde seiner Berühmtheit.

»Selbst von seiten derer«, sagte ich, »die man vielleicht nicht zu den großen Sehern rechnen muß.«

»Danke«, sagte der Meister.

Ich hatte »Seher« gesagt, weil mir das Wort »Hellseher« plötzlich wie eine versteckte Schmähung vorkam.

»Jedenfalls konnte bisher niemand meine Fragen beantworten. Ich bin überzeugt, Sie können es. Sonst hätte ich die lange Reise nicht angetreten.«

»Das kostet etwas«, sagte er.

Ich öffnete meine Brieftasche.

»Wir sollten es vorher ausmachen, da nützt alles nichts«, sagte ich. »Ich muß wissen, ob ich es mir leisten kann.«

Keine Antwort.

Also zog ich einen großen Geldschein und schob ihn, um die Wirkung zu steigern, langsam über den Tisch.

Fast traurig schauten beide, der Meister und der Hund, auf den Schein, und der Meister sagte: »Davon zehn. Das würde genügen.«

Ich versuchte, ungläubig zu lächeln. Dann nahm ich das Geld wieder an mich und stand auf.

Sofort sprang der Hund von seinem Stuhl, um mich während des Ganges zur Treppe zu überholen. Es sah aus, als wollte er mir helfen, das Haus zu verlassen. Er lief voraus, die Treppe hinunter, wo er auf mich wartete.

Der Meister blieb ruhig sitzen. Nach wenigen Schritten wendete ich mich zögernd um, womit ich Vonderwerth das Einlenken erleichtern wollte, aber er lächelte nur und schien auf meinen Abschied durchaus gefaßt zu sein.

Ich sagte: »Schade. Ich wollte Licht in das Schicksal einer mir nahestehenden Person bringen.«

»Verwandtschaft«, sagte er. »Ich weiß. Ich sehe es. Ihr Bruder, nicht wahr?«

Unglaublich. Ich drehte mich um. Ich ging, beinahe reumütig, zum Tisch zurück und konnte den Blick nicht von dem Meister wenden, der sein Gesicht, um sich zu konzentrieren, mit den Händen verdeckt hielt.

Ich hörte auf dem Parkett die Krallen des zurücktrabenden Hundes, der wieder auf seinem Stuhl Platz nahm, wie ich auf dem meinigen.

»Er ist verschollen in Australien«, sagte der Meister.

Der Hund schaute mich an, als würde er den Ausdruck meiner Fassungslosigkeit genießen wollen.

Mit belegter Stimme, fast heiser, sagte ich: »Ja, richtig. Ich bin ... beeindruckt.«

»Zieren Sie sich nicht länger«, sagte er.

Die Art, wie ich die zehn Geldscheine auf den Tisch zählte, muß etwas Geistesabwesendes gehabt haben.

Der Meister steckte den Batzen, ohne ihn mit Achtung wahrzunehmen, in seine Jackentasche, wie jemand, der es gewohnt ist, wegen Geld kein Aufhebens zu machen. Aber hatten nicht seine

Gesten, so gekonnt sie waren, etwas Ausgestelltes? Hatte nicht alles, was er tat, etwas Inszeniertes? War das Ganze nicht ein Ein-Personen-Stück mit Hund, in ausgesucht karger Dekoration?

Während ich auf seine Jackentasche blickte, in der meine Banknoten verschwunden waren, kam mir die Idee, daß wahrscheinlich ich selbst es gewesen bin, der dem Beherrscher des Jenseitigen diese erste Probe seines Könnens ermöglicht hat.

Denn im Laufe meiner Forschungen war die Frage nach meinem verschollenen Bruder sicher bekannt geworden. Vermutlich war auf einer der Spiritistentagungen im Land mein Name als der eines schrulligen Zweiflers schon gefallen.

»In der Tat wollte ich mich nach meinem Bruder Robert erkundigen, der vor Jahren als Halbwüchsiger unsere Heimat verlassen hat, um in Australien sein Glück zu versuchen. Seither habe ich keine Nachricht von ihm. Vielleicht ist er längst tot.«

Ich wußte inzwischen, daß er in Sydney gelebt, eine Zeitlang als Hausmeister in der Sternwarte gearbeitet hatte und später selbständiger Wurstpellenfabrikant geworden war. Noch heute lebt er nicht schlecht davon.

»Er ist nicht tot«, sagte der Meister.

Der Hund schaute mich wieder an, um mein Erstaunen zu beobachten. Überhaupt kam es mir vor, als nähme das Tier mich aufmerksamer wahr als der Mensch.

Wie viele gewundene Antworten hatte ich auf die Frage nach meines Bruders Schicksal schon gehört. Noch nie aber war gleich die erste Auskunft derart rasch und zugleich mit solcher Beiläufigkeit erteilt worden. Nun – daß er lebte, diese Auskunft war für Vonderwerth kein Wagnis. Es war eine von zwei Chancen, mehr nicht.

Ich beugte mich jetzt ganz nach vorn, um zu zeigen, daß ich keine seiner nachfolgenden Worte versäumen wollte.

Vonderwerth sah lange durch mich hindurch. Der Schärfepunkt seines Blickes lag weit hinter mir, vielleicht am Stadtrand von Ratlingen. Unangenehm.

Über sein Gesicht zogen gewissermaßen verschiedene Wetter, schattige und sonnige.

Das müssen die Momente des Sehens sein, dachte ich.

Schließlich zeigte seine Miene ein triumphales Aufleuchten. Alle Anstrengung schien von ihm abgefallen. Hatte der Meister genug gesehen? Hatte er alles gesehen?

Ich wußte über meinen Bruder unzählige Einzelheiten, über die Vonderwerth bisher nicht gesprochen hat.

Wenn ich nicht alles über ihn gewußt hätte, was man nur wissen kann, dann wäre es unverantwortlich gewesen, Abschied von der geliebten Schwarzen Magie zu nehmen, die soviel Spannung in mein bisheriges Leben gebracht hat.

»Da ich durch Sie jetzt sicher bin, daß mein Bruder Robert lebt – herzlichen Dank, allein dafür hat sich meine Reise gelohnt –, möchte ich fragen, ob Sie auch über seine Lebensumstände etwas sagen wollen.«

Der Meister traf seine Vorkehrungen. Er löste einen Riegel, der an der Tischkante verborgen war. So konnte er ohne Anstrengung die gesamte Tischplatte auf ihre Rückseite wenden. Dieser Dreh machte auf mich kaum Eindruck; ich hatte bei Hellsehern schon größere Effekte gesehen.

Die jetzt oben liegende, andere Seite der Platte war bescheiden ausgestattet, sie war mit Pappkarton beklebt, der mit undeutbaren Kritzeleien übersät war, kein Fleckchen ohne Linien und Figuren aller Art.

Aus einem Schubfach holte Vonderwerth buntköpfige Stecknadeln, einen Zirkel, Zwirn und andere Requisiten. Sofort begann er, mehr als zwei Dutzend Nadeln zu stecken. Sie alle wurden durch einen Zwirnsfaden verbunden, so daß von Nadel zu Nadel in kühnem Zickzack Linien entstanden, die sich mit den auf der Unterlage schon vorhandenen kreuzten.

Unter den Blicken des Hundes ließ der Meister sich mit dieser Arbeit Zeit, ehe er eine Uhrmacherlupe ins Auge klemmte, sich tief über die Tischplatte beugte, um dann sehr nah an dem soeben hergestellten Fadengewirr entlangzufahren und die Schnittpunkte zu begutachten, die Linienknoten, von denen es offenbar gewöhnliche, aber auch höchst erregende Arten zu entdecken und zu deuten gab, denn von Zeit zu Zeit ließ er Laute des Erstaunens hören wie »Aha« oder »Sieh einer an!«.

Er richtete sich auf, nahm die Lupe aus dem Gesicht und sprach stockend, mit fest geschlossenen Augen: »Er ist … Er ist … Er ist verheiratet. Er hat Kinder. Lebt ganz im Norden des Kontinents, in der Nähe von … Moment … von – kann das sein? – Borroloola? Kann es einen Ort namens Borroloola geben? Hier bin ich nicht ganz sicher. Aber … Er betreibt eine Farm. Viehzucht.«

Vonderwerth öffnete, anscheinend erschöpft, die Augen und sah mich – ich kann es nicht anders sagen – frech an. Mich, der ich mehr wußte. Daß Bruder Robert nämlich nach seiner Landung in Australien die große Stadt Sydney im Südosten nicht verlassen, jedenfalls den 30. Breitengrad in nördlicher Richtung nie überquert hat. Dieses Nest im Norden mit dem Namen Borroloola, wenn es überhaupt existierte, wird der Meister wohl selbst entdeckt haben, mit dem Finger auf einer Landkarte.

»Das genügt«, sagte ich. »Mehr kann man nicht erwarten. Danke für Ihre schwindelerregenden Auskünfte. Eines müssen Sie mir bitte erlauben: Sollte ich mich aufraffen und dorthin fahren, nach Bo...?«

»Borroloola«, sagte er.

»Borroloola, dann werde ich Sie nochmals besuchen, um Ihnen zu berichten, was ich dann selbst gesehen haben werde. Abgemacht?«

»Gern. Stets willkommen«, sagte er.

Wir erhoben uns gleichzeitig. Der Meister, der Hund und ich.

Ich verneigte mich vornehm, gab ihm aber nicht die Hand, sondern lächelte ihn mit zusammengebissenen Zähnen tapfer an, versuchte, nicht an das Geld zu denken und machte mich auf zum Bahnhof von Ratlingen.

Der Hund, der mit mir das Haus verlassen hatte, trollte sich durch die Gassen, dann entschwand er meinen Augen.

Ich hatte mich in den Warteraum des Bahnhofs gesetzt und blickte auf die Tasse Kaffee, in die ich soeben Sahne gegossen hatte. Die weißen Spiralen drehten sich langsam und verloren ihre Konturen.

Was hatte ich nun von alldem? Nichts, außer einer teuren Erkenntnis. Daß es nämlich keine bessere oder schlechtere, keine hohe oder niedere Hellseherei gab. Alle Rätsel blieben, was sie waren. Kartenlegen, Kaffeesatzlesen, den Leib Jesu essen, Rauchkringel deuten, Pendeln, Handlinien betrachten, Knöchelchen werfen – es ist alles derselbe Zauber, der bei denen wirkt, die an ihn glauben.

Ich dagegen war arm dran, denn jetzt war klar, ich mußte mir selbst helfen. Ein wahrscheinlich einsames, Mut erforderndes Leben lang.

Als ich eine Stunde später auf dem Bahnsteig den Zug abschritt, um meinen Waggon zu finden, riß es mich förmlich herum. Hinter einem Fenster saß, auf einer Polsterbank der Ersten Klasse, als einziger Passagier im Abteil – der Hund. Die Reisetasche fiel mir aus der Hand. Um keine Zeit zu verlieren, ließ ich sie stehen, hastete in den Zug, griff völlig ohne Angst den Hund am Halsband und zerrte ihn, der allerdings kaum widerstrebte, die Trittstufen herunter auf den Bahnsteig.

Ich schimpfte ihn aus: »Was bist Du für ein Teufelsbraten!« sagte ich.

Der Zug fuhr davon. In der einen Hand meine Tasche, die andere fest an seinem Halsband, verließ ich, auch auf die Gefahr, erst am nächsten Tag weiterreisen zu können, den Bahnhof.

Um nicht den ganzen Weg zurück in gebeugter Haltung gehen zu müssen, kaufte ich in einem Kurzwarenladen einen Damengürtel, den ich am Halsband befestigte.

In der Gasse am Markt angekommen, zog ich wieder den Klingelring, und wieder öffnete der Meister selbst.

»Die Hälfte von den Geldscheinen«, sagte ich, »die ich Ihnen gegeben habe, würde mir genügen. Dann händige ich Ihnen den Hund aus. Es ist mir nämlich gelungen, ihn an der Flucht zu hindern.«

»Wollen Sie ihn loswerden?« sagte der Meister. »Ich mache mir nichts aus Hunden.«

»Wollen Sie damit sagen …«

»Ja, das will ich. Und Sie? Wollen Sie sagen, das sei nicht Ihr Hund?«

Hier gab es kein weiteres Wort. Ich drehte mich auf der Stelle um und trottete mit dem Hund davon.

Tatsächlich mußten wir in Ratlingen übernachten. Ich gab dem friedfertigen Tier den Namen »Teufel«. Es blieb mir dreizehn Jahre treu, bis zu seinem Tod in meinen Armen.

Brutparasit

Mein Gemüt ist krank, ich bin ärmer als je zuvor.

Die Reise in das kleine Schwarzwaldstädtchen mußte ich per Autostop antreten. Zwei Tage lang stand ich mit einem Pappschild an den Straßen in Richtung Süden. Einige Fahrer haben mich unter einem Vorwand rasch wieder verabschiedet, ihnen war meine Gegenwart nicht angenehm. Wer liebt schon die Gesellschaft eines hoffnungslosen Menschen? Das Elend steht mir im Gesicht. Noch wage ich nicht, mir die Hoffnung, die in mir aufkeimt, anmerken zu lassen.

Ein Fabrikant namens Kremer hat mir eine Aufgabe angeboten, eine Gestaltungsaufgabe, wie er am Telefon sagte, Arbeit auf Zeit, aber gut bezahlt. Ich bin neugierig zu erfahren, wie dieser Mensch gerade auf mich gekommen ist.

Daß ich nie eine Chance hatte, ein großer Tänzer zu werden, ist mir schon während der Ausbildung klar geworden.

Der Ballettmeister hat oft gesagt: »Das ist nichts für Dich, Deine Muskulatur ist zu schwach. Ich rate Dir, zur Schauspielerei überzulaufen. Dort fallen körperliche Mängel kaum auf.«

Aber einmal im Leben wollte ich einen Abschluß schaffen. Der Körper war vielleicht ungeeignet. Was mich durchhalten ließ, war die Willenskraft. Immerhin konnte ich die Ballettschule mit einem staatlichen Diplom verlassen, dem des Tänzers.

Die Intendanten, denen ich in der folgenden Zeit meine Sprünge und Pirouetten anbot, sahen mir spöttisch zu und geleiteten mich mit ein paar Floskeln von der Bühne.

Nach vielen sinnlosen Betteltouren habe ich nie wieder getanzt. Vorbei. Kein Mensch wollte mich sehen. Es gibt kein Erinnerungsfoto, das mich als Tänzer zeigt. Nur das staatliche Diplom.

Trotz eines leichten Lispelns versuchte ich es schließlich doch mit dem Schauspielstudium, aber ich scheiterte auch hier. Manche meinten, ich sei für diesen Beruf zu grüblerisch veranlagt, ich würde über die Figuren zu lange nachdenken, statt sie einfach zu spielen.

»Sie sind doch ein intelligenter Mensch. Wenn Sie sich so sehr zur Bühne hingezogen fühlen, so studieren Sie Theaterwissenschaft und kommen als Dramaturg zu uns zurück«, sagte ein Intendant, nachdem er mein Vorsprechen, mein unwiderruflich letztes, einfach abgebrochen hatte. Er hatte ein paarmal in die Hände geklatscht, mich damit aus einem herrlichen Moment schauspielerischer Versunkenheit herausgerissen und gesagt: »Das reicht. Danke.«

»Aber ich muß von etwas leben«, sagte ich, »wie oft soll ich *noch* studieren? Ich will mir eine … Stereoanlage kaufen.« Der Intendant stützte sein Kinn auf den Rand eines ledernen Halskorsetts, das er trug und das er Stroheim in einer seiner Filmrollen abgekuckt haben könnte. Mit Blicken versuchte er, mich niederzumachen, Blicke, die mir zeigen sollten, daß er mich für einen naiven Menschen hielt. »Oder eines Tages sogar eine bescheidene Wohnung«, sagte ich. »Jetzt bin ich in dem Alter, um mit der Arbeit zu beginnen. In dreißig Jahren werde ich Rentner sein.«

»Jeder ist auf seine Weise vorausschauend«, sagte der Intendant. »Und jetzt entschuldigen Sie mich.«

Ein Theater habe ich seither nicht betreten.

Nie wieder habe ich mich von den Herrscherposen eines Intendanten beleidigen lassen. Allerdings hatte ich auch keinen Zutritt mehr zu den Kerlen, denn sie alle kannten mich inzwischen.

Am Abend des zweiten Tages meiner Reise sitze ich in einem Lastwagen, kurz vor dem Ziel. Ich habe ein schlechtes Gewissen, weil ich das Gespräch mit dem Fahrer nicht am Leben erhalte oder ein neues beginnen kann. Dabei hat er ein Recht darauf, warum hätte er mich sonst mitgenommen.

Der Fahrer sagt: »Die Tage werden wieder kürzer. Der Sommer fängt gerade an, da muß ich schon an den verdammten Winter denken.«

»Das ist traurig«, sage ich und geniere mich dafür.

Mit einem verzeihenden Schulterklopfen entläßt er mich auf dem Marktplatz von Neustadt.

Ich mache mich zum Stadtrand auf und finde die Fabrikgebäude der Firma Kremer, gepflegte Werkstätten aus vergangenen Tagen. Das Eisentor steht offen, dahinter liegt in einem Park die altprächtige Villa.

Um zu läuten, muß ich die Freitreppe betreten, auf der ich mir verlassen vorkomme. Nach einem Zögern drücke ich auf den Klingelknopf. Es öffnet ein jugendlich gekleideter Herr um die Sechzig, der theatralisch die Arme öffnet und mich betrachtet.

»Willkommen. Ich bin der alte Kremer«, sagt er, »und Sie sind der Künstler, den ich so sehnlich erwarte. Willkommen.«

Er nimmt mir die Tasche aus der Hand, führt mich aus der Halle in den ersten Stock, wo er mir ein Gästezimmer zeigt. Er freue sich, mich in einer Stunde wiederzusehen.

Ich dusche mich mitsamt dem Unterzeug, das ich dann zum Trocknen auf die Heizung hänge. Abgesehen von der zerbeulten Pfeffer-und-Salz-Hose zeigt der Spiegel, vor dem ich mich rasiere, mir einen adretten Mann, knapp unter dreißig, der nach dem Abspülen des Rasierschaums liebedienerische Gesichter einübt.

Pünktlich gehe ich die Treppe hinunter in die Halle. Das Mobiliar ist nicht alt genug, um wertvoll auszusehen, nicht schick genug, um Respekt einzuflößen. Scheinbar unbenutzt steht alles da, wie in einem aus der Mode gekommenen Hotel.

Der Hausherr sitzt, eine zweiäugige Lupe auf der Stirn, an einem Tisch unter dem größten Fenster der Halle, in irgendeine kniffelige Arbeit vertieft. Als er mich kommen hört, legt er Lupe und Werkzeug beiseite und lädt mich durch eine Geste zum Sitzen ein, während er selbst mir gegenüber Platz nimmt.

»Schön, daß Sie da sind«, sagt er. »Hatten Sie eine gute Reise?«

»Danke, sehr gut«, sage ich.

»Die Reisekosten werden erstattet, versteht sich, ganz gleich, ob Sie auf meinen Vorschlag eingehen wollen oder nicht.«

»Vielen Dank«, sage ich.

»Tee gefällig?«

»Ja, gern«, sage ich.

Der Fabrikant ruft: »Marlene, einen Tee. Und bring die Kuchen mit. Die Kuchen sollen eine Überraschung sein. Für besonderen Besuch backe ich sie selbst. Sie sind ein besonderer Besuch für mich.«

Eine junge Dame kommt mit einem Tablett herein. Sie verteilt Tassen und Teller auf dem Tisch.

»Meine Tochter Marlene«, sagt der Fabrikant. »Und das ist unser Künstler, Herr Hans Regenfuß aus Berlin.«

Sie reicht mir lächelnd die Hand, ich erhasche einen Hauch von ihrem Duft, der sich mit den Düften des Tees und des frischen Kuchens vermischt. Sie setzt sich zu uns.

Nach einem Zögern sage ich: »Bitte, Herr Kremer, verzeihen Sie, ich bin neugierig: Wie sind Sie auf mich gekommen?«

»Ich suchte einen jungen Künstler. Einen Tänzer, einen Schauspieler und einen Mann, der drei-

ßig Tage hintereinander für mich Zeit haben würde. Alles in einer Person.«

»Und wer hat Ihnen verraten, daß ich diese Person sein könnte?«

»Der Intendant eines kleinen Theaters hier in
der Nähe. Er kannte Sie von Ihrer Arbeit. Sie müssen ihn beeindruckt haben.«

»Oh, das ist erstaunlich …«, sage ich und beuge
mich nach vorn, um Interesse zu zeigen.

»Sie können ihn nicht vergessen haben, er trägt
um den Hals eine geschnürte Ledermanschette«,
sagt er.

»O ja, ich erinnere mich an ihn. Welch ein
glücklicher Zufall für mich.«

»Vater, Herr Regenfuß hat die lange Reise hinter
sich. Meinst Du nicht, daß Du ihn zu sehr auf die
Folter spannst?«

Beide lächeln mir liebenswürdig zu.

»Auf die Folter? Ist das wahr, Herr Regenfuß?«
sagt der Fabrikant.

»Nun, wenn's recht ist, ich bin gespannt«, sage
ich, in ein unpassend herzliches Lachen ausbre-
chend.

»Also gut. Wir gehen mit unseren Produkten auf
die Weltausstellung nach St. Petersburg. Eine der
größten Hallen wird gerade vorbereitet, für die Prä-
sentation unseres Paradestücks. Ich möchte Sie bitten, dort für uns täglich ein Dutzend Kurzauftritte

zu absolvieren, kleine tänzerische Einlagen: Sie sollen einen menschengroßen Vogel darstellen, der bei seinem plötzlichen Erscheinen die Aufmerksamkeit und die Bewunderung aller, auch des letzten Besuchers dieser Halle, auf sich zieht.«

Vater und Tochter sehen mich an.

»Im Augenblick«, sage ich, »kann ich mir davon noch kein rechtes Bild machen. Vermutlich handelt es sich um eine Werbeveranstaltung …«

»Sehen Sie, seit zehn Generationen ist die Firma im Besitz der Familie Kremer«, sagt der Fabrikant. »Wir sind immer Mechaniker gewesen. Vor zweihundert Jahren haben wir Wassermühlen gebaut, später Heißluftmotoren, Dampfmaschinen, und bis heute machen wir alles, was sich dreht und bewegt. Nein, eine Werbeveranstaltung weniger, vielmehr ein unvergeßlicher künstlerischer Auftritt.

Elektronik und Computer mögen wir nicht. Ständig wird uns vorausgesagt, daß wir keine Chance haben zu überleben, aber wir überleben und sind schuldenfrei. Was sagen Sie dazu?«

Beide schauen mich an.

Ich muß etwas sagen, und ich sage: »Unglaublich.«

»Eine treffende Bemerkung«, sagt er, »weil Fleiß und Ideen dahinterstecken und der eiserne Wille zu beharren, der Mut, sich dem zu verweigern, was heute Entwicklung genannt wird. Wenn man auf die Industriegeschichte zurückblickt, so sehen wir uns jetzt hoffnungsfroh an einem Punkt, wo traditionelle Mechanik nicht länger als hinterwäldlerisch betrachtet wird. Im Gegenteil, unsere Haltung wird belohnt. Die Menschen fangen an, sich wieder nach umständlicheren Maschinen zu sehnen, zu deren Ausbeutung es gewisser Fertigkeiten bedarf. Sie wollen kein automatisches Schaltgetriebe, sie wollen selber schalten und walten. Sie wollen die Anstrengungen ihrer Maschinen erleben, um sie lieben und achten zu können. Sie wollen, daß die Maschinen ihnen bei der Arbeit helfen, nicht ihre Arbeit machen. Denn am Ende gäbe es keine Arbeit mehr und damit keinen Lohn für die Leute, deren Fingerfertigkeiten schon jetzt verkümmern. Ein Massensterben von ehrbaren Berufen ist im Gange, aber es gibt immer mehr Menschen, die länger leben, bei immer weniger Arbeit. Jemand drückt auf den einzigen Knopf, den eine Maschine noch haben wird. Die Maschine wird sagen: Ich arbeite, ich kontrolliere mich selbst, ich repariere mich selbst. Und noch bevor ich verschlissen bin, konstruiere ich mich, unter Hinzufügung von Verbesserungen, selbst und baue mich neu. Danke, daß ich eingeschaltet worden bin.«

Marlene hat einen der Kuchen genommen, die allesamt aus zwei ineinandergreifenden Hefeteigzahnrädern bestehen. Ihre Achsen sind durch mitgebackene Rosinen angedeutet. Marlene beißt einige der Zähne ab und legt ihrem Vater die Hand aufs Knie.

»Der Kostümbildner wird gleich hier sein. Ich glaube nicht, daß Herr Regenfuß so tief in Deine Weltanschauung eindringen will. Für ihn gibt es wichtigere Dinge.«

»Ist das wahr? Gibt es wichtigere Dinge für Sie?« fragt Kremer.

»Sie meinten am Telefon, daß ich auch Text sprechen müßte …«, sage ich.

»Wenig Text«, sagt Kremer, »aber wichtiger Text. Wir kommen noch darauf. Ich biete Ihnen fünfhundert Euro als Gage an. Pro Tag. Dreißig Tage hintereinander. Was sagen Sie dazu?«

Mich befällt Angst.

Nur jetzt keine Begeisterung zeigen, denke ich, und um meine Mimik im Zaum zu halten, lege ich den Zeigefinger in die Mulde zwischen Kinn und Unterlippe und spiele, provisorisch zunächst, Nachdenklichkeit. O Gott, worüber denke ich jetzt nach?

»Worüber denken Sie nach?« fragt Kremer.

»Über die Gage, die Sie mir freundlicherweise anbieten«, sage ich.

»Gefällt sie Ihnen nicht?« sagt Kremer.

»Wissen Sie«, sage ich, »ein Schauspieler bekommt für einen Tag Arbeit an einem Hörspiel, ... und da kann er den Text ablesen, er muß ihn nicht auswendig lernen ...«

»Wieviel bekommt er für einen Tag?« unterbricht mich Kremer.

»Er muß sich nicht schminken oder umkleiden, er muß nicht tanzen ...«

»Also, wieviel?

»So um die ... sechshundert Euro«, sage ich zögernd.

Kremer titscht die Zähne seiner Kuchenräder in den Tee. Er beißt, einen Blick mit Marlene wechselnd, in das erweichte Gebäck, das er nachdenklich im Mund zergehen läßt.

Schließlich sagt er: »Eine Menge Geld.«

»Soll ich deutschen Text sprechen?« sage ich.

»Hörspiele sind selten geworden, nicht wahr?« sagt Kremer. »Ja, ja, deutschen Text, natürlich. Internationalen Text könnte man auch sagen. Er wird jedermann verständlich und leicht zu lernen sein. Machen Sie sich keine Gedanken. Wie viele Tage arbeitet man an einem Hörspiel?«

»Das ist unterschiedlich«, sage ich.

In Wahrheit bin ich nie in einem Rundfunkstudio gewesen. Alle Bemühungen, mein Lispeln zu überwinden, waren fruchtlos.

»Im Durchschnitt dauert ein Hörspiel vier Tage«, sage ich.

»Und wie viele Hörspiele machen Sie pro Jahr?« sagt Kremer.

Ich sage: »Das muß ich allerdings eingestehen, manchmal vergeht ein Jahr, manchmal sogar mehr, ohne daß sich jemand meldet …«

»Sehen Sie!« sagt Kremer.

Es klingelt, Marlene geht zur Haustür. Der Fabrikant faßt mich um die Schulter wie ein Vater seinen Sohn. Es soll ein begütigender Blick sein, mit dem er mich anschaut, aber in seinem Gesicht ist so wenig zu lesen, daß ich für einen Moment glaube, von uns beiden sei er der Schauspieler.

»Sagen Sie einfach ja«, sagt er.

Marlene kommt mit einem älteren Toupetträger zurück. Gemeinsam bringen sie einen größeren Pappkasten herein. Der Mann begrüßt den Fabrikanten, dann mich, durch wiederholte Verneigungen.

»Ich heiße Moritz Heinrich, bin Kostümbildner am Staatstheater, guten Tag. Also. Das ist der junge Mann, den wir in einen Vogel verwandeln wollen.«

Er sieht mich aus lidstrichumrandeten Augen an. »Das läßt sich machen, Sie werden entzückt sein«, sagt er.

Zusammen mit Marlene zieht er aus dem Kasten einen Vogelbalg, der aus nichts als Federn gemacht zu sein scheint. Die Hühnerfüße, die aus dem schlaffen Tier heraushängen, wirken lächerlich, aber kleiner dürften sie nicht sein, schließlich sollen sie meine Füße verdecken. Der Vogel hat eine gestreifte Brust, dunkle, leicht abgespreizte Flügel, einen runden Kopf mit runden Augen und einen kaum gekrümmten, albernen Schnabel.

Die drei sehen mich herausfordernd an.

»Unglaublich«, sage ich.

»In der Tat. Das ist unglaublich«, sagt Herr Heinrich, »bitte treten Sie näher. Sie sehen Hunderte von Federn, die ich selbst gefärbt habe. Jede einzelne Feder ist an winzigen Schlingen durch das Tüllgewebe hindurchgezogen, und sie alle sind auf der Innenseite durch gekettelte Fäden miteinander verbunden, eine neuartige Technik, die etwas Unerhörtes, nie Gesehenes möglich macht, nämlich, daß der Vogel durch bestimmte Bewegungen des Tänzers sein Gefieder aufplustern und wieder anlegen kann. Bitte bewundern Sie das Changieren dieser grünlichen Daunen, zeigen Sie Ihre Begeisterung und, lieber verehrter Herr Fabrikant Kremer, vergessen Sie den Scheck nicht.«

Er schlingt mir sein Metermaß um Schultern und Gesäß.

»Gut«, sagt er. »Bitte legen Sie Hemd und Hose ab und verwandeln Sie sich.«

Ich zwänge mich in den Vogel, der durch einen vom Schnabel bis zu den Schwanzfedern reichenden Reißverschluß betreten wird. Die Augen sind durch Halbkugeln aus feinem Drahtgeflecht gebildet. Durch diese Augen betrachte ich mich im Spiegel. Der Anblick hat nichts Lächerliches. Vielmehr ist Grandiosität die Wirkung des Vogels, der jetzt seinen Kopf zu den drei staunenden Menschen wendet. Die drei applaudieren, Marlene stößt einen Entzückensschrei aus. Der Fabrikant holt von seinem Tisch einen Umschlag, den er feierlich Herrn Heinrich übergibt, bevor dieser unter Verbeugungen die Haustür erreicht und verschwindet.

Es klingelt erneut.

Eine ungeschminkte ältere Dame in Jeans mit einem gefärbten Pagenkopf, die jetzt in die Halle tritt, begrüßt lässig den Hausherrn und seine Tochter.

»Hallo Kremer, hallo Marlene«, sagt sie, »das ist ja ein gottvoller Vogel, atemberaubend, so groß und grün und geschnabelt. Der soll jetzt auch noch tanzen lernen? Lohnt sich das?«

»Tanzen kann er schon, er weiß nur noch nicht, was!« sage ich.

»Deshalb bin ich hier. Das werden wir gemeinsam herausfinden. Können Sie mich sehen? Sehen Sie mich durch den Schnabel?«

»Ich sehe Sie durch die Augen, wie es sich gehört. Regenfuß mein Name«, sage ich.

»Ich bin die Ballettmeisterin Tina Horsch. Regenfuß? Ein interessanter Name. Hat nichts mit Niederschlägen oder Wasser zu tun. Es ist ja auch keine Ente, die Sie darstellen sollen, sondern ein verdammter ...«

»Tina!« ruft Kremer.

»Du lieber Gott, haben Sie mich erschreckt ...«

»Nichts übereilen«, sagt Kremer, »ich werde Herrn Regenfuß die Aufgabe schon erklären. Jetzt geht es um das rein Tänzerische.«

»Gut«, sagt Tina Horsch, »Regenfuß bedeutet: Rege-den-Fuß. Nicht der schlechteste Name für einen Tänzer.«

»Und was *ist* das rein ... Tänzerische?« sage ich.

»Das Kostüm gibt mir viel Freiheit.«

»Ach was, Freiheit«, sagt Tina Horsch, »zwei Schritte vorwärts, kurzes Schütteln, Federplustern, Text – und rückwärts Abgang. Das darf nur Sekunden dauern.«

»Und dann?« sage ich.

»Dann gibt es eine Pause«, sagt Kremer. »Und dann folgt ein neuer Auftritt.«

»Und wie sieht der aus?« sage ich.

Marlene sagt: »Ich schlage vor, wir reden nicht länger und wenden uns der praktischen Arbeit zu.«

Sie geht mit ihrem Vater zum Tisch zurück, wo beide das Teenippen und das Verzehren von gebackenen Zahnrädern fortsetzen. Dabei beobachten sie von fern unsere Arbeit, die eine geschlagene Stunde dauert.

Das Entzücken von Frau Horsch steigert sich bei jeder Probe. Ihre bewundernden Ausrufe wie »Ja! Gut so! Es wird saugut!« geben mir das Gefühl, eine heikle Aufgabe zu bewältigen. Ich werde immer versessener auf ihren Zuspruch.

»Es wird leichter und harmonischer, es gewinnt einen eigenen Rhythmus«, sagt sie, »zwei vor – eins zwo, ja! Schütteln – eins zwo drei, ja! Plustern – eins zwo drei, stop! Stehenbleiben! Text – einundzwanzig zweiundzwanzig, und rückwärts – ab.«

»Welcher Text, wenn ich noch mal fragen darf? Ist das ein Geheimnis?« sage ich.

»Aber nein, das ist kein Geheimnis«, sagt der Fabrikant. »Tina, so, wie es ist, ist es gut. Das ist die Qualität, die ich mir vorgestellt habe. Kommen Sie, Herr Regenfuß, ich helfe Ihnen beim Umziehen.«

Die Horsch geht zum Teetisch und setzt sich. Ich beobachte sie durch meine Vogelaugen. Keine Spur von Häme bei den Frauen, es geht ernsthaft zu, die Horsch zeigt sogar Anzeichen von Erschöpfung.

Herr Kremer pellt von meinem schweißnassen Körper vorsichtig den Vogel herunter. Dabei flüstert er mir zu: »Tut mir leid, den Text kann ich Ihnen erst bei der Premiere geben. Ich habe Angst, daß er Ihnen nicht wichtig genug, nicht dramatisch genug vorkommt. Ich fürchte, daß Ihnen schon die tänzerische Aufgabe zu gering ist. Deshalb habe ich eine Überraschung für Sie: Sie bekommen von mir mehr als die Hörspielgage, pro Tag eintausend Euro. Was sagen Sie dazu?«

»Machen wir darüber einen Vertrag?« sage ich.

»Der liegt bereit«, sagt er, »ich muß nur noch die Gage eintragen: dreißigtausend.«

»Danke. Ich stimme zu«, sage ich.

Das Ausstellungsgelände in St. Petersburg liegt im Nebel, als der Fabrikant, seine Tochter und ich ankommen.

»Hier ist sie, die große Mittelhalle. Hier hängen wir«, sagt Kremer. »Mehr als tausend Russen mit ihren Frauen werden dasein, alle in feinster Abendgarderobe. Der Außenhandelsminister, der Bürgermeister und viele Diplomaten. Sie alle werden sich die Hälse verrenken, um unser Schmuck-stück oben an der Wand prangen zu sehen. Kommen Sie, Herr Regenfuß, wir gehen durch diese kleine Tür.«

Hinter der Tür, die Kremer öffnet, ist nichts als eine lange Treppe, die wir hinaufsteigen. An ihrem Ende ein Gang, durch den wir gekrümmt gehen müssen und der in einen winzigen Raum führt. Die Kammer ist voll von Rädern, die ineinander-greifen, von Wellen und Seiltrommeln. Alle Dinge arbeiten miteinander, alles dreht sich und pendelt und schwingt.

Am Eingang hängt, ordentlich auf einem Bügel, der Vogelbalg.

»Das soll mein ... Arbeitsplatz sein?« sage ich in gebeugter Haltung.

»Ja«, sagt Kremer, »es ist eng, aber ein Aufenthalt ist, guter Wille vorausgesetzt, möglich. Wenn Sie die Beine etwas anziehen, können Sie auf der Filzmatte ausruhen. Oder auch lesen, hier ist eine Lampe.«

»... Das ist das Innere von etwas ...«, sage ich.

»Ja«, sagt Kremer, »das ist das Innere von et-was.«

»Und von was ... ist es das Innere?« sage ich.

»Hier ist eine Scheibe«, sagt Kremer, »auf der von zwölf Zahlen immer nur eine zu sehen ist. Die prägen Sie sich ein. Hier ist eine Schwingtür, wie in einem Cowboysaloon, durch die Sie eben hindurchgehen können. Sie wird sich zu jeder vollen Stunde öffnen und Ihnen aus beachtlicher Höhe den Blick in die von Menschen überfüllte Halle freigeben. Wenn die Schwingtür sich öffnet, werden Sie Ihren Tanz vollführen. Und dann, nachdem Sie sich eingeprägt haben, wie oft, werden Sie mit aller Kraft …«

Er schweigt.

»Rufen?« sage ich.

»Ja, rufen!« sagt Kremer.

»Und was werde ich mit aller Kraft rufen?« sage ich.

Kremer, in gebeugter Haltung, antwortet nicht. Verstockt steht er da und scheint seine Schuhe zu betrachten. Ich nehme seinen Kopf in beide Hände, bringe ihn vorsichtig nach oben, so daß wir uns in die Augen sehen können, und sage:

»Werde ich … Kuckuck rufen?«

Kremer nickt ernst und stumm.

»Darum möchte ich Sie bitten«, sagt er »einmal pro Stunde, unterschiedlich oft, ›Kuckuck‹ zu rufen. Was Sie nicht wissen, wir befinden uns in der größten Kuckucksuhr der Welt.«

Ich setze mich auf die Matte. Kremer setzt sich neben mich. Er sucht mein Gesicht, in welchem er die Erschütterung der Künstlerseele zu lesen fürchtet, aber ich wende mich von ihm ab. Ich möchte ihm mein Gesicht vorenthalten, weil der Gedanke, bei dem Wort Kuckuck nicht lispeln zu müssen, mich tröstet. Er legt seinen Arm um mich und sagt: »Gehen wir's an. In fünfzehn Minuten ist Premiere.«

Während Kremer mir hilft, mich in den Vogel zu verwandeln, fühle ich mich wie benommen. Plötzlich kommt mir die Angst, ich könnte versehentlich den Hahnenschrei ausstoßen. Mir geht der Gedanke durch den Kopf, die ganze Inszenierung könnte ein Mißerfolg werden. Tina Horsch fehlt mir, ich möchte den Tanz mit ihr noch einmal durchgehen.

Doch schon spuckt Kremer auf meine linke Vogelschulter, dann geht er die Treppe hinunter. Noch einmal schaut er sich bittend um.

»Verlassen Sie sich auf mich«, sage ich.

Er sagt: »Ich drücke uns die Daumen.«

Wie ein Leichtathlet stelle ich mich in die Startposition und warte. Habe ich jemals gewußt, was Lampenfieber ist? Es sind schreckliche und zugleich beglückende Momente. Da plötzlich, ein Rattern und Rollen, Gestänge wird bewegt, die Pendeltür öffnet sich.

Ich starte.

Zwei vor – eins zwo, Schütteln – eins zwo drei,
Plustern – eins zwo drei, stop.

Und Text.

Schon der erste Ruf kommt perfekt, als hätte
ich ewig Zeit gehabt, ihn zu proben.

Die Stimme sitzt. Ich bin in der Form meines
Lebens. Die Stimme trägt. Alle zehn Kuckucks-
Terzen fliegen aus dem Trichter meiner Lippen,
durchdringen die riesige Halle, kommen als Echo
von der hinteren Wand, streifen auf dem Rückweg
wiederum die Ohren der gut zweitausend Menschen, deren Befinden man nur als sprachlos bezeichnen kann, und die nach dem Ende meines
präzisen Tanzes und dem Zuklappen der Schwingtür in ein nicht enden wollendes Klatschen und
Bravorufen ausbrechen.

Welch ein Erfolg.

Es gab Besucher, die ihren Rundgang so ein-
teilten, daß sie zu jeder vollen Stunde in meine
Vorstellung kommen konnten. Immer war ausver-
kauft, wenn ich so sagen darf. Vielleicht um eins, als
die Besucher in den Restaurants am Mittagstisch
saßen, konnte man hier und da auf dem Parkett
der Halle ein Fleckchen sehen, wo noch jemand
beengt hätte stehen können. Sicher war die Mit-
tagsvorstellung aber auch deshalb die schwächste,
weil es nur kurzen Text gab.

Meine Bitte an Herrn Kremer, um ein Uhr einen dreizehnfachen Kuckucksruf ausstoßen zu dürfen, wurde nicht erhört; das sei aus Gründen der Tradition unmöglich, schon immer würden Kuckucke in Schwarzwälder Uhren nur bis zwölf zählen.

Zur Premierenfeier am Abend im Grand Hotel wurde Krimskoje Champanskoje ausgeschenkt, es gab Kraut und Kaviar, Fotografen stürzten sich auf mich, junge russische Mädchen mit süßen Schlappschleifen im Haar bedrängten mich um Autogramme, Marlene küßte mich, Herr Kremer küßte mich.

Welch ein Erfolg.

Wenn die schönen Tage von St. Petersburg zu Ende sind, was dann?

Inhalt

Manfred Krug

Abgehauen

ISBN 978-3-548-36593-0
www.ullstein-buchverlage.de

Niemals ist das DDR-System transparenter beschrieben, niemals die Gefährlichkeit einer versuchten Symbiose von Macht und Kunst heller beleuchtet worden als in diesem Buch. Manfred Krugs Erinnerungen sind ein aufregendes, erschütterndes Zeitdokument, das jedem die Augen öffnet, auch wenn er einer anderen Generation angehört.

»Die 272 Seiten gehören zum Glaubhaftesten und Packendsten, was über den inneren Bruch zwischen Staatsführung und Kulturelite geschrieben worden ist.«
Der Spiegel

»Ein deutscher Glücksfall« *Frankfurter Rundschau*

Manfred Krug

Mein schönes Leben

ISBN 978-3-548-36756-9

www.ullstein-buchverlage.de

Manfred Krugs Kindheitserinnerungen – witzig und warmherzig, plastisch und schnörkellos. Ein einzigartiges Lesevergnügen – und »ein beachtliches Zeugnis über das Nachkriegsdeutschland« *(Berliner Morgenpost)*.

»Wunderbar« *Süddeutsche Zeitung*

»Eine Hommage an die kleinen Leute und ihren Daseinskampf, ein Plädoyer für Mitmenschlichkeit – und eine Liebeserklärung an Oma Lisa.« *Focus*

»Eine anarchische Kindheit, in der man sich unweigerlich in den Bengel verliebt, der zwischen Vater und Mutter und damit auch zwischen Ost und West hin und her gerissen wird. Ein großartiger Erzähler.« *Brigitte*

US172

ullstein